U1003990

にほんこてん
ぶんがくガイド

日本
古典文学
名著导读

张如意 著

河北大学出版社
·保定·

出 版 人：刘相美
责任编辑：翟永兴
装帧设计：赵 谦
责任校对：牟 霖
责任印制：常 凯

图书在版编目（CIP）数据

日本古典文学名著导读 / 张如意著 .
-- 保定 : 河北大学出版社 , 2024.9. -- ISBN 978-7-5666-2461-1
Ⅰ . I313.062
中国国家版本馆 CIP 数据核字第 2024H3K614 号

日本古典文学名著导读
RIBEN GUDIAN WENXUE MINGZHU DAODU

出版发行：河北大学出版社
地址：河北省保定市七一东路2666号 邮编：071000
电话：0312-5073003 0312-5073029
网址：www.hbdxcbs.com
邮箱：hbdxcbs818@163.com
印 刷：保定市正大印刷有限公司
幅面尺寸：170 mm × 240 mm
字 数：169千字
印 张：14
版 次：2024年9月第1版
印 次：2024年9月第1次印刷
书 号：ISBN 978-7-5666-2461-1
定 价：50.00 元

如发现印装质量问题，影响阅读，请与本社联系。
电话：0312-5073023

前　言

从 712 年日本列岛出现第一部由日本人编写的书籍《古事记》开始，到 1867 年江户时代结束，在长达千余年的历史中，日本产生并积累了大量有文字记载的文学作品。这些文学作品种类繁多、形式多样，无论从数量还是从质量上，都在世界文坛占有一席之地，部分作品堪称是世界水平的优秀作品，是人类文学宝库中的重要组成部分。

这些优秀的文学作品，不但反映了日本古代各个时期的文学发展情况，而且也反映了当时的社会现实。认识和了解这些文学作品，不但可以帮助我们学习和欣赏日本的古代文学，而且还可以帮助我们了解日本社会的发展情况，知晓日本人的思想情感、思维习惯和审美特征，从而更加深刻地认识当今的日本社会，更有助于中日两国的文化交流。

日本的古代文学深受中国影响，在许多方面都渗透着中国的文化元素，折射着中国文学的影子。了解日本古代文学，不仅可以从一个侧面了解中日古代文学乃至文化的交流关系，知晓中国文学对日本文学的影响深度和广度，还可以通过日本文学反观中国的古代文学，加深对中国古代文学的认识。

这部《日本古典文学名著导读》，按照诗歌、物语、随笔、说话、近世小说、戏曲与戏曲理论等的分类方法，对日本古典文学进行了分门别类的介绍。在每个章节里，首先对该文学类别历史的发展脉络进行概括总结，然后选取典型作品，进行缩写和译介，并配上著者的评论和解说，以期让读者省时省力，做到一册在手，就可以对日本古代文学有一个整体了解，尤其是对每个时期和每个类别中的经典名著，从作品的思想内容到艺术精髓，我们都应该有一个整体的认识。这也是作为“导读”创作的初衷所在。

该书不仅适用于中国日语专业的学生阅读，还是普通民众了解日本古代文学的普及性读本。本着适应当今快速阅读的时代要求，本书以简单便捷的方式满足各个层次读者的共同需求，让读者在茶余饭后的时间里，尽知日本古代文学。

虽然著者很努力，但由于时间仓促、水平有限，书中肯定会出现许多纰漏或不妥之处，敬请各位同人批评指正。在本书写作过程中，参考了多位中外前辈的著述，在此一并致谢。同时也感谢日语外教宫田和纪先生提供日文资料之助。在本书出版之际，我衷心感谢河北大学出版社，感谢出版社的各位领导和编辑老师，特别是责任编辑翟永兴老师。在我以前出版的《如意四季歌》《如意的星空》和《如意的乡愁》过程中，都得益于河北大学出版社和翟老师的帮助，此情此意，铭刻心间。

编者

2024 年 6 月于保定

目　　录

第一章　和歌文学

第一节　和歌文学概论

和歌是相对于汉诗而言的，是日本一种传统的诗歌形式。和歌产生的具体年代至今未见详考，有一种观点认为是从中国古代乐府诗演化而来的，但也有观点认为是从日本古代歌谣演化而来。从日本现存最早的有文字记载的和歌来看，其中既包含着日本古代歌谣的痕迹，也渗透着中国乐府诗的影子，就像日本的传统文化一样。和歌应该是在日本古代歌谣和中国乐府诗双重影响下产生的一种日本独有的诗歌形式。

一般认为，在日本列岛文字诞生之前，就已经有诗歌这种文学形式存在了，但只有当汉字传入日本后，诗歌才得以被记录下来。这种诗歌即日本文学史上所说的上代歌谣。上代歌谣在日本最早的一批古典文献如《古事记》（712 年）、《风土记》（713 年）、《日本书纪》（720 年）等当中都有收录，而以在《古事记》和《日本书纪》中收录的歌谣最具有典型性和代表性，被后人称为“记纪歌谣”。这些歌谣包括如长歌、短歌、旋头歌①等多种形式，在音节上却未必遵循后来一般和歌的五音和七音等音节规律。因此，可以认为这些上代歌谣是和歌的最早雏形。

到了八世纪后半叶，日本出现了其最早的一部诗集，即《万叶集》。在《万叶集》中虽然也有一些表达集体生活的歌谣，但随着时间的推移和诗风的变迁，出现了表达个人思想感情的诗歌并逐渐成为了诗歌的主体。一般认为，与表达集体活动和集体思想感情的歌谣相对应，这种表达个人思想感情、具有鲜明个性色彩的诗歌即为和歌。《万叶集》不但是日本最早的诗集，而且也反映了日本诗歌由歌谣向和歌转变的这一历史进程。

到了平安时代（794—1192）初期，由于当时日本朝廷和权贵对中国唐朝文化的推崇，汉诗文创作在宫廷贵族间达到了空前的盛况，而和歌创作受其影响，逐渐走向了颓势。在这一时期，和歌只是在私人场合，其中主要是男女恋爱等私人的诗歌赠答中延续着其微弱的命脉，而在“公”（官方或其他正式）的场合基本销声匿迹了。到了九世纪中叶，由于摄关政治②的出现，再加上假名文字的普及，人们对本土文化的关心开始加强并逐渐出现高涨的势头。在这一背景下，和歌又重新进入人们的视野，并逐渐兴盛起来。在这一时期，涌现出了包括在原业平、小野小町等六歌仙③在内的许多著名歌人。到了九世纪末，因宇多天皇④爱好文艺，故在后宫云集了众多的歌人，他们经常举办歌会等活动，在宫廷

---

① 长歌：五・七……五・七・五・七・七的形式。以五・七为单位反复，最后以五・七・七的形式结尾，平安时代以后逐渐消失。短歌：五・七・五・七・七的形式。也是和歌的常用形式，一直延续至今。旋头歌：五・七・七・五・七・七的形式。即五・七・七重复两次，构成六个单位。平安时代以后逐渐消失。

② 摄关政治：九世纪中叶，以摄政、关白为外戚的藤原氏掌握朝政的政治形态。

③ 六歌仙：平安朝初期的六位歌人，即僧正遍昭、在原业平、文屋康秀、喜撰法师、小野小町和大伴黑主。

④ 宇多天皇（867—931），第五十九代天皇。

中出现了和歌创作的高潮，日本最早的敕撰和歌集《古今和歌集》在这一背景下也应运而生了。

在《古今和歌集》之后，又相继出现了《后撰集》《拾遗集》两部敕撰和歌集，与《古今和歌集》一起被称为三代集。十一世纪中叶，又出现了第四部敕撰和歌集《后拾遗集》；接下来，又先后有《金叶集》《词花集》《千载集》三部和歌集问世；它们与十三世纪初编纂的《新古今和歌集》一起，被统称为八代集。《千载集》的编者藤原俊成（1114—1204）提出了"幽玄"的和歌理念，并成为后来和歌创作和欣赏的一个代表性审美理念，对日本后世的和歌创作乃至审美都产生了极大影响。此外《千载集》中的主要代表歌人西行（1118—1190）的和歌也备受瞩目。

到了镰仓时代（1192—1333），日本社会进入了武士掌握政权的幕府统治时期，但作为传统文化的和歌依然深受欢迎，又涌现出了如藤原定家、藤原家隆等一批新兴歌人，和歌创作也一度再次呈现出繁荣景象。后鸟羽上皇①亲自参与编纂的《新古今和歌集》是日本八代集中的最后一部，也是当时最具代表性的和歌集。到了十三世纪，一种新的和歌形式——连歌②开始盛行，出现了有心连歌③和无心连歌④。到了室町时代（1336—1467）末期，又产生了一种追求滑稽和诙谐的俳谐连歌，而这种俳谐连歌为近世俳谐的出现奠定了基础。

---

① 后鸟羽上皇（1180—1239），日本第八十二代天皇。

② 连歌：古典和歌的一种体裁，把短歌的上下句分开，先有二人问答唱和，然后由在场的人依次将上下句吟咏下去的诗歌联咏形式。

③ 有心连歌：内容和表现继承和歌的传统，力求优美和真诚的纯正的和歌。

④ 无心连歌：镰仓时期兴起的注重滑稽或机智的和歌。

第二节 作品赏析

一、《万叶集》

（一）作品简介

《万叶集》是日本现存最早的一部和歌集①。《万叶集》收录了自四世纪至八世纪中叶的和歌约四千五百首，共二十卷。该书具体成书时间不详，是历经多年并经过多人之手长期收集整理而成的。现存的二十卷是在八世纪后期，由一位叫大伴家持②的人编纂而成的。

在《万叶集》的四千五百首和歌中，其中有短歌四千二百首、长歌二百六十首、旋头歌六十首、连歌一首和佛足石歌一首。其内容成分也不太统一，基本可分为杂歌、相闻和挽歌三大部分。杂歌一般是天皇出游、旅游及宴会等内容的和歌；相闻是关系亲密的人之间相互赠答的和歌，以恋爱内容居多；挽歌是对去世的人表示哀悼的和歌。此外，根据卷别不同，还可以分为直述心绪歌、托物相思歌和譬喻歌等类别。直述心绪歌是指不运用比喻，直接表达心情的和歌；托物相思歌是通过事物和景物来表达心情的和歌；譬喻歌是非直接而以暗喻为表达手法的和歌。

《万叶集》作者的社会阶层和地域分布都很广泛。作者的社会阶层上至天皇，下至普通人；地域分布以大和地区为中心，向东到关东和东北地区，向西则到九州地区。《万叶集》所使用的文字也比较特殊。因为当

---

① 《万叶集》中既有和歌，也有歌谣，一般叫诗集比较合适，但从与汉诗的比较角度而言，我们称之为和歌集。

② 大伴家持（718？—785），奈良时代的歌人，大伴旅人之子。曾任越中守、中纳言等地方、中央的官职。《万叶集》中收录其和歌最多，是《万叶集》的编者之一，是万叶末期的代表歌人。

时日本还没有自己的文字，所以一般的书籍都是使用汉文书写。《万叶集》则使用了一种特殊的汉字，即以汉字为音训符号的特殊文字——万叶假名[①]。

由于《万叶集》收录的和歌跨越年代较长，因此前后歌风也有很大不同，根据其歌风的变迁，大致可分为如下四个时期：

第一时期：从舒明天皇（629 年即位）到壬申之乱（672 年）时期。这一时期止值日本的大化改新[②]时期，以皇室为中心的贵族阶层受到政治和社会变革的影响和冲击，在思想和精神层面也发生了很大变化，突出表现为个性的觉醒和自我意识的增强。从和歌上看，也由以集体生活为背景的古代歌谣向表现自我和抒发个人思想情感的和歌方向转换，涌现出了许多著名的宫廷歌人，其中具有代表性的有女歌人额田王。

第二时期：自壬申之乱（672 年）到平城京迁都（710 年）。这一时期，是日本的律令制快速推行和发展的时期。律令制国家的建立，使社会发展充满活力，文学创作也出现新景象，宫廷歌人非常活跃，他们吟诵了许多歌颂王室的和歌。这一时期，和歌的创作技巧更加丰富，和歌的形式也基本固定，尤其是长歌发展显著，代表歌人有柿本人麻吕。

第三时期：自平城京迁都（710 年）到天平五年（733 年）。这一时期，律令制国家已经建成，随着中国大陆先进思想和文化的不断输入，知识阶层人才辈出，富于理智和个性的歌人也层出不穷，迎来了万叶和歌的最辉煌时期，但歌风却失去了初期的朴素风格，向着细腻和凝练的方向发展。代表歌人有山上忆良、大伴旅人和山部赤人等。

第四时期：自天平五年（733 年）到天平宝字三年（759 年）。这一

---

① 万叶假名：为书写日语而用作表音文字的汉字，通常用一个字表示一个音节。

② 大化改新：645 年，以中大兄皇子为首的改革势力发动的一次宫廷政变，因仿照中国的先例定大化为日本年号，史称大化改新，自此日本开始逐步建立起了律令制国家的政权体系。

时期，律令制的执行开始受到阻碍，社会矛盾凸显，和歌的创作受社会影响，逐渐脱离现实，向着优雅细腻的方向发展。代表歌人有大伴家持。

与后来时代的歌风相比，《万叶集》的和歌整体上体现出真诚率真、古朴雄壮的特色。这也反映了日本深受中国影响，发动政治变革，推行律令制的社会现实。《万叶集》不但对研究日本奈良时期的文学有重要意义，而且对研究当时的社会历史乃至与中国的文化交流情况也具有珍贵的文献价值。在此，我们遴选了《万叶集》中的一些代表性和歌作品，通过实例来欣赏万叶歌风。

所谓和歌，一般是指五・七・五・七・七的短歌形式，因此在本书中所选取的和歌也以这种形式为主。为了便于读者对比欣赏，我们没有采取万叶假名的形式记述，而是选用了和歌的日本古文译文，并附上了本书作者的汉语译文。在和歌的汉译中，一般分为两种风格，一种是尊重和歌的原型，按照和歌的字数和节奏译成汉文，即所谓的直译法；另一种则是按照中国五言诗或七言诗的形式翻译，即所谓的意译法。从翻译学的角度来看，这涉及翻译中归化和异化的问题，是一个具有争议的学术性问题。笔者认为，文化本身带有不可译性，完全形式对等的翻译几乎是不可能的，尤其是和歌在押韵、旋律、对仗、双关语等技巧上，是很难用恰当的汉语表达出来的。因此，本着让读者既能理解和歌的思想内容，又便于欣赏其意境的翻译原则，我将和歌以中国五言古诗的形式进行翻译，后面再配上适当的解说。这样虽然不能全面地再现和歌的原始风格，但可以体会到和歌的美。至于翻译的好坏，因作者水平有限，也期待着方家的批评和指正。此外，根据《万叶集》中和歌的内容，在赏析介绍时，对和歌进行了一些简单的分类。

(二)《万叶集》赏析

1. 结枝与结草的和歌

磐代の　浜松が枝を　ひき結び　ま幸くあらば　また帰り見む

以上这首和歌出自《万叶集》第二卷，作者是有间皇子（640—658）。汉译如下：

吾身将远行，结枝磐代松。
此去若平安，归来谢神灵。

据说在奈良时代的日本，人们在出门远行的时候，经常用结记树枝的方法来祈祷旅途的平安，磐代是离开京城的人结枝的代表性地点。

这首诗歌描写的是658年，被囚禁的有间皇子（后被以谋反罪名处以死刑）在被押送去往纪州途中结枝祈祷的情景。

有间皇子是孝德天皇（596—654）的遗腹子。在齐明女皇（594—661，有间皇子的伯母）离开都城，到纪州的温泉进行疗养期间，他被人告发谋反而遭到逮捕，后被处以死刑。当时在朝中执掌大权的是齐明天皇嫡子中的大兄皇子（626—672，后来的天智天皇）。有间皇子在朝中受到排挤，处境危险，此次被押送到齐明天皇所在的疗养地接受审讯，自知凶多吉少，对前途非常悲观，但内心还抱有一丝希望，盼望着能够化险为夷，平安返回。当被押解行走在磐代滨海的山路上时，他在路旁的松树上进行结枝祈祷，并吟诵了以上这首和歌。

在树上结枝，类似于古代中国的折柳送别，是表达行人心情的一种方式。有间皇子的这首和歌，借助在松树上结枝的方式，将磐代的松枝与自己的命运紧密联系在一起，描写了有间皇子对自己前途的忧虑和祈求上苍保佑的心理。我们虽然不能通过译作体会和歌的节奏和韵律之美，但可以感受到歌人借助磐代结枝的举动，以及结枝的寓意所展现的和歌的朴素之美，以及歌人的悲伤无奈之情。身为皇子，转瞬之间就沦为阶下囚，甚至会失去生命，这让人在慨叹命运无常的同时，也了解到当时宫廷权力斗争的残酷，让人读来有一种哀叹凄婉之感。

将植物的枝叶连接在一起，是古代日本人表达思想感情的一种方式。他们认为植物是有灵性的，把植物的枝叶连接在一起，就象征着某种灵性的交互感应，能够借此实现结枝者的内心愿望。

下面是一首结草的和歌。

君が齢も　わが齢も知るや　磐代の　岡の草根を　いざ結びてな

这首和歌出自《万叶集》第二卷，作者名叫中皇命。这是天皇在出游途中的饮宴上吟诵的一首和歌，大意是：磐代是我们命运的相遇，让我们把山岗上的草连在一起，祈求未来吧。汉译如下：

磐代草青青，悄悄结草茎。
君心与我意，天地不了情。

这首和歌通过描写年轻恋人或恩爱夫妇之间在磐代山冈上的结草活动，抒发了爱人之间的那种朴素而真挚的情感。虽然结草活动平淡无奇，双方也没有什么语言交流，但草的生命力和韧劲，加之磐代这富有象征意义的地名，不但使得结草这一小小的举动具有庄重感和仪式感，而且具有鲜明的画面感，表现出了一种真诚朴素的审美意境。

前一首有间皇子的结枝歌和中皇命的这首结草歌，虽然都是在相同的地方结枝（结草）的和歌，但由于二者身份和处境不同，因此给人留下的感受也不同。

2. **饮宴的和歌**

农历五月初五是日本古代奈良时期的采药节。当时，由于医药资源匮乏，采药活动不但和其他农业生产一样具有很重要的现实意义，同时，由于大自然中的花草能够医治病痛，挽救生命，因而也被赋予一定的神性。在这一天，人们纷纷走出家门，前往山野采集草药或鹿角等药材，因此五月初五也就成为了采药节。

可是，对于宫廷贵族而言，采药活动的象征意义远大于实际意义，他们更多是以采药为名，外出游玩和饮宴。在游玩饮宴的过程中，吟诵和歌是一种必不可少的内容。它可以增添游兴，是一种优雅的趣事。下面这两首和歌是额田王与大海人皇子的唱和之作（《万叶集》第一卷），在风趣优雅的歌风中，体现了当时宫廷贵族中的爱情纠葛。

あかねさす　紫野ゆき　標野ゆき　野守は見ずや　君が袖ふる

以上这首和歌的作者是额田王。额田王（生卒年不详）是《万叶集》早期的代表歌人。她本是皇太子大海人皇子（后来的天武天皇）的妻子，二人结婚后生有一子（后来的十市皇女）。但创作这首和歌之时，二人已经离婚，额田王成了天智天皇（大化改新运动中的中大兄皇子，大海人皇子之兄）的皇妃。

这首和歌描写的是在天皇的私家庄园里，茜草在初夏阳光的照耀下闪耀着紫色的光彩，一位男子（大海人皇子）在远处草丛中向额田王挥舞着长袖，而额田王担心对方的举动被庄园的看守人发现，心里有些忐忑不安。该和歌不但刻画了一幅贵族初夏时节的出游采药图，而且将额田王面对昔日的爱人大海人皇子时的复杂心情表现得淋漓尽致。

这里的“あかね”，汉字写作“茜”，是一种叫作茜草的植物；“紫野”指长满紫草的原野；“標野”是天皇庄园的意思；“野守”是庄园看守人的意思；“君”是你的意思。和歌的大意是：我们来到了天皇的庄园，紫色的茜草在日光的照耀下光彩熠熠，你那样向我挥舞衣袖，难道不怕看守人看到吗？汉译如下：

茜草映日光，一片紫茫茫。
君莫挥长袖，他人在近旁。

据说当额田王在宴席上吟诵了这首和歌后，也激发了大海人皇子的诗兴，他随即徐徐站起身，也附和了一首：

紫草の　にほへる妹を　にくくあらば　人妻ゆゑにあれ恋ひめやも

这里的“紫草”是中医上用于清热解毒的一种药材，也可用于染色；“妹”是与男子具有亲密关系的恋人或爱人；“人妻”是指别人的妻子。和歌的大意是：美丽的你已不再是我的爱人，而是别人的妻子了。如果我现在还在怨恨你离我而去的话，我就不会这样爱恋你了，我现在之所以还在爱恋着作为人妻的你，正是因为我并没有嫌弃你。汉译如下：

紫草哀戚戚，似我心中意。
爱恨难说清，卿已成人妻。

当然，已经成为天智天皇贵妃的额田王是不是还在心里爱着大海人皇子我们不得而知，但不管怎么说，在宴席上，作为皇妃向昔日的爱人公开表达爱意是不合时宜的。因此，我们可以推断，这首和歌并不是在真正表达爱意，只能说是额田王在借助昔日和大海人皇子的爱人关系以及在庄园相遇这一情景来抒发一种情趣，表达一种美。反过来，大海人皇子的和歌也并非是传达自己的思恋之情，而是在额田王利用二人之间以前的关系为素材吟诵和歌的情况下，大海人皇子不能不作歌应答，否则既被人看作是不解风情或没有情趣，还会被人误以为缺乏文采。从这个意义上说，大海人皇子的和歌也是应景之作，或者可以说，是他们二人均在借助野外采药的偶遇以及彼此间的特殊关系而为饮宴增添一种欢快的气氛。这正如现在人们在宴会中的助兴表演，为的是烘托气氛。作为昔日爱人的额田王和大海人皇子的这种大胆且别开生面的和歌唱和之举，以及和歌中含蓄风趣的语言、优美的意境和甘洌美味的爱情表达，必定会将宴会的氛围推向高潮，并让在场的每一个人都感受到爱情的美好。所以，时至今日，每当我们读起千年以前的这两首和歌的时候，仍会从内心发出审美情感的共鸣。

3. 天皇创作的和歌

《万叶集》中天皇创作的和歌也不少，下面这首和歌出自《万叶集》第一卷，是舒明天皇（593—641）的作品。

大和には　群山あれど　とりよろふ　天の香具山　登り立ち

国見をすれば　国原は　煙り立つ　海原は　鴎立ち立つ　うまし国そ　蜻蛉島　大和の国は

这是一首长歌，其歌词大意是：大和有许多山，其中最美丽壮观的是天香具山；登上山顶，眺望山川大地，到处炊烟袅袅；在湖水水面上，有水鸟飞翔。好美丽啊，大和国！

汉译如下：

大和多山峦，壮观在香具。
登临望国家，四处炊烟起。
湖面粼粼光，鸥鸟齐翔集。
若说风光好，大和最美丽。

天香具山是日本奈良盆地中号称大和三山之一的一座小山，传说是日本祖神降临之地，被认为是具有灵性的神山。这首和歌的作者舒明天皇据《日本书纪》记载，是日本第三十四代天皇，舒明是其汉文谥号。舒明天皇在位时，大和政权政治相对稳定，国泰民安。这首和歌从天皇的视角出发，描写了国家的和平富足，也表达了舒明天皇对自己治国能力的自豪和满足。和歌借助山峦、炊烟和水鸟等景象，表达了自己自豪的心情以及对国家的热爱，可谓借景抒情，情景交融。此外，和歌运用了“枕词”的修辞方法，增加了和歌的节奏和韵律感，是万叶早期的和歌代表。

下面我们再看出自《万叶集》第一卷中持统天皇（645—702）的一首和歌：

春過ぎて　夏きたるらし　しろたへの　衣ほしたり　天の香久山

持统天皇（645—702）是日本第四十一代天皇，也是一位女皇。她作为天智天皇排行第二的公主，嫁给天武天皇并成为皇后。在天武天皇死后，开始参与朝政，由于草壁皇太子早亡，持统继承皇位。697 年，她让位于文武天皇，但仍然以太上皇的身份君临朝政。这首和歌是持统天皇在位时的作品。

和歌的大意是：春天过去，夏天到来，在天香具山旁，人们晒出了洁白的夏装。汉译如下：

春色刚褪去，夏日悄然至。
天香具山旁，户户晾白衣。

从字面上看，这首和歌语言简洁质朴，没有任何矫揉造作。它将春夏之交，人们晾晒夏衣的情景置于天香具山的背景之中，绿色的自然、白色的衣服和秀丽的青山，共同构成了一幅清新的夏日图画。持统天皇在位时，大和政权正处于大化改新之后，积极向唐朝学习，建设律令制国家的过程当中，这首和歌虽然描绘的是风景，但其背后隐含着作为女性的持统天皇那种实现政治抱负、志得意满的自豪心情。

4. 寄物相思歌

柿本人麻吕，生卒年不详，是跨越天武、持统、文武三朝的一位宫廷歌人，也是《万叶集》最具有代表性的歌人之一，多长歌、挽歌之作，擅长运用枕词、序词等修辞方法，歌风庄重雄浑，被后世尊称为歌圣。他的和歌虽然以赞美天皇和皇族的居多，但也有一些颇具时代气息和细腻的情感特色，比如下面这首就充分展现了这一特点。

笹の葉は　み山もさやに　さやげども　我は妹思ふ　別れ来ぬれば

和歌的大意是：山路上的竹叶沙沙作响，扰乱着纷乱的心房，我难以割舍分别后的爱人。汉译如下：

山路竹叶沙沙响，纷纷扰扰乱心房。
此去不知何时见，思君已然在他乡。

在奈良时代，地方官吏是由朝廷从京官中选派去的。对于当时的朝官来讲，离开京城到地方赴任，一是要离开政治文化中心和高层社交圈，不利于自己的仕途发展；二是山高路远，条件艰苦，且单身赴任，一去就是数载，还要忍受与家人的别离之苦。所以，和中国古代一样，对于官员来说，被外放是一件不得已的苦差。

因为单身赴任时间较长，有些官员会在地方任职期间，与当地的女子结为爱人关系。以上这首和歌所描写的女子，就是柿本人麻吕在石见国（现在日本岛根县西部）任职期间的爱人。但是，由于任期已满，需返京复命，因此不得不与心上人分别。这首和歌描写柿本人麻吕离开石见国回京途中的一个晚上，当夜深人静，风吹竹叶沙沙作响的时候，他想起分别后的爱人独自留在异地他乡，禁不住黯然神伤。这首和歌用夜深人静时沙沙作响的竹叶声来衬托自己纷乱不安的心情，以物寄情，就像中国古诗中寓情于景、借物言志的表达手法一样，取得了很好的艺术效果。

《万叶集》第二卷中的另一首怀念亡妻的和歌也是出自柿本人麻吕之手。

去年見てし　秋の月夜は　照らせども　あひ見し妹は　いや年さかる

这首和歌的大意是：去年见到的秋月，今年明亮依旧，但曾经一起赏月的爱妻却已不在。

这首和歌将永恒的月亮与去世的妻子置于秋夜这样同一个时空下进行比照，表达的是一种物是人非、痛失爱妻的悲伤心情。用明月的光辉映衬妻子的美丽，月亮的出没暗示时间的流逝，夜的宁静衬托内心的虚无，营造出了一种秋夜月照的优美意境，堪称《万叶集》中的寄物相思歌的杰作。汉译如下：

去年秋月照，今夕依旧明。
爱妻影渐远，月下徒伤情。

因柿本人麻吕是《万叶集》第二时期的歌人，以上这两首比之《万叶集》第一时期中的和歌，无论是创作手法还是修辞方法等都有了很大进步，体现了《万叶集》第二时期的歌风特点。

5. 景物歌

山部赤人，生卒年不详，是《万叶集》第三时期的歌人，也是日本三十六歌仙之一，与柿本人麻吕同称为日本歌圣，在《万叶集》中收录了他的长歌和短歌约五十首。下面这首和歌出自《万叶集》第三卷，是山部赤人的代表作之一。

田子の浦ゆ　うち出でて見れば　ま白にそ　富士の高嶺に雪は降りける

这首和歌的大意是：路过田子浦的时候，抬头向远处望去，看到高高的富士山顶被白雪覆盖住了。汉译如下：

路过田子浦，举目向远望。
富士山顶高，白雪覆其上。

富士山位于日本静冈和山梨两县交界处，海拔三千七百七十六米，是日本最高的山峰。富士山呈圆锥形，因为海拔高，所以山体的景观也因高度差异而分布不同，尤其是到了秋冬时节，山脚下郁郁葱葱，山顶上白雪皑皑，形成了一种奇特秀丽的富士山景观。富士山是一座活火山，在历史上曾数次喷发，被赋予了神秘色彩，诞生了许多神话传说，因此也被古代日本人奉为神山。和歌中所说的田子浦是现在的静冈县骏河湾，而现在的田子浦则位于静冈县富士市的河口湖附近。在富士山周围，分布着许多著名的观景点，也是历来文人墨客吟诗作歌的好去处。山部赤人的这首和歌描写的是在大雪纷飞的时节，从田子浦即静冈县的骏河湾眺望富士山的情景。

这首和歌是描写富士山最早的和歌之一，虽然语句平明，但却充分表达了作者在骏河湾眺望白雪皑皑的富士山顶时的激动心情，也成为赞美富士山的经典和歌。

在《万叶集》中，圣武天皇（701—756）的这首和歌也可称得上是景物歌中的佳作。

ぬばたまの　夜のふけ行けば　久木生ふる　清き河原に　千鳥しば鳴く

这是圣武天皇在到吉野出游的时候，描写行宫周围景色的一首和歌。其大意是：夜渐渐深了，河水清澈地流淌着，河岸上长满了楸树，鸻鸟在不停地鸣叫着。汉译如下：

夜深人已静，幽幽楸树影。
河水清清流，鸻鸟不住鸣。

夜深了，吉野行宫和周围一片寂静，在河岸上长满了茂密的楸树，清澈的河水静静流淌着，树丛中不住地传来鸻鸟的鸣叫声，在寂静的夜空中回响。我们想象作者走出行宫，看着夜色中茂密的楸树林，听着小河的流水声和鸻鸟的鸣叫声，通过夜色、树林、河水和鸟鸣的静和动、颜色和声音的对比效果，制造出了一种神秘氛围，表达了诗人沉寂而孤独的心境。

山部赤人（第三时期）和圣武天皇（第四时期）这两首和歌的修辞技巧更加凝练，意境表达更加优美，很好地体现了《万叶集》中后期和歌的特点和歌风。

二、《古今和歌集》

（一）作品简介

在日本平安时代（794—1192）初期，由于朝廷对中国文化的推崇，汉诗文的学习和创作达到鼎盛，出现了汉诗文的辉煌景象，日本人称之为“唐风文化时期”。与之相反，和歌却渐渐走入低谷。到了九世纪中叶以后，随着假名文字的发明和摄关政治（外戚专权）① 的开始，日本在对中国文化充分吸收和借鉴的基础上，本土文化开始兴起，出现了一个本土文化的繁荣时期，日本人称之为“国风文化时期”。在此背景下，和歌创作也达到了兴盛阶段，出现了以六歌仙②为代表的杰出的和歌创作群体。到了十世纪初，产生了日本第一部敕撰和歌集③《古今和歌集》。

《古今和歌集》是根据醍醐天皇（867—931）的命令，由纪贯之、纪友则、凡河内躬恒、壬生忠岑四人编撰的日本最早的一部敕撰和歌集，于905年完成。全书共二十卷，收录了自《万叶集》（八世纪中叶）以后到十世纪初大约一百五十年间、一百三十人左右的一千多首和歌。从歌风的变迁来看，可分为三个大的时期。

第一时期：无名氏时代。这一时期的和歌约占其总体的四成左右，大多为平安初期即850年左右的作品。歌风接近《万叶集》晚期的风格，内容朴素平明，形式多为五七调的恋爱歌。

第二时期：六歌仙的时代。这一时期大约在850年到890年之间，诗人以六歌仙即在原业平、僧正遍昭、小野小町、文屋康秀、大伴黑主、喜撰法师为主。从歌风来看，基本形成了“古今歌风”，形式以七五调为主，多用缘语④和挂词⑤等修辞方法。

---

① 摄关政治：自十世纪中叶至十一世纪中后期，大约一个世纪的时间，日本朝廷的两个最重要的官职摄政和关白被外戚藤原家族垄断，政权实际上也被藤原家族操控。这一时期的日本政治被称为摄关政治。

② 六歌仙：在原业平、僧正遍昭、小野小町、文屋康秀、大伴黑主、喜撰法师六位歌人。

③ 敕撰和歌集：由天皇命令编撰的和歌集。

④ 缘语：修辞法之一，在和歌或散文等作品中，使用与某一词语在意义上相关联的词，以增加表达的情趣。

⑤ 挂词：主要用于韵文的一种修辞技巧。相当于汉语的同音多义词，利用这一特点达到一语双关的表达效果。

第三时期：撰者的时代。从 890 年到 905 年左右，是撰者活跃的时期，也是古今歌风的成熟期。像缘语、双关语、比喻、拟人等修辞技巧运用得更加娴熟流畅，歌风追求优美细腻，创作的观念性和智性也更加突出。

《古今和歌集》的歌风也被称为“古今调”，相较于《万叶集》中以实物为吟咏对象的朴实歌风，更倾向于通过观念建构起来的一种虚构美。在情感表达上也不再是直接的、率真的，而是多用比喻、拟人、缘语、双关语等复杂的修辞手法，歌风追求理智、技巧和观念性。如果说《万叶集》是男性、朴素和雄浑的风格，《古今和歌集》则具有女性、华美和细腻的特征，这也充分体现了当时日本宫廷贵族所追求的精巧、细腻的审美情趣。

（二）《古今和歌集》赏析

1. 假名序（纪贯之）赏析

《古今和歌集》除了正文外，还有用纯汉文书写的真名序和用假名书写的假名序。其中由纪贯之撰写的假名序尤为引人注目，它成为日本最早的和歌评论，对后世的和歌创作、欣赏乃至文学评论都产生了很大影响。下面是笔者的翻译。

假名序

和歌以人心为种，生长出无数“言”之叶。世上之人，每时每刻都有所思，将其假托于目之所见、耳之所闻，而生成言。若闻莺啼蛙鸣，则知自然界之动物皆会吟咏。不以力而惊天地、泣鬼神、和男女，抚慰粗暴武士之心者，唯有和歌也。

和歌之始，可追溯于开天辟地之昔。今所传者始于《日本书纪》所载诸神所咏。五七五七七三十一字之形式始于须佐之男命“八雲

立つ　出雲八重垣　妻籠めに　八重作る　その八重垣を”（“八云起，出云八云垣，宿吾妻，作八重垣，八重垣啊”），自此以后，许多心皆化作歌这种语言，累积下来。拥戴仁德天皇即位之王仁有“難波津に　咲くやこの花　冬籠り　今は春べと　咲くやこの花”之句，接待葛城王之采茶女有“安積山　影さへ見ゆる　山の井の　浅くは人を　思ふものかは”之句。这两首和歌即使到了现在也堪称和歌之典范，是初学者必学之歌。

在中国，诗有“六义”，而在日本，和歌也有“讽喻歌”“数数歌”“比拟歌”“比喻歌”“直言歌”和“祝歌”六种形式。这些都是根据言由心生之观点而分类的。

近些年，人心变得轻浮了，由此生成之和歌也都言不由衷，成了好色男女把玩之物，难登大雅之堂。本来并非如此，古时天皇偶命官员吟诵和歌，以此试其有无才能。和歌以对天皇之祝贺、感恩为主，是抚慰生发于人心的无奈之思，表达恋爱、友情、老年之感伤、怀古、无常、荣枯盛衰之怨恨之道具。

可见，和歌有很古老之传统，但取得大发展则是在“奈良帝”时代。此时代出现了柿本人麻吕这样的名家。人麻吕是正三品贵族，也是帝身边不可或缺的重臣。在巡幸奈良地区之时，帝把飘浮于龙田川上之红叶比作色泽鲜艳锦缎，即兴作歌，人麻吕把吉野山之樱花比作白云作歌。还有山部赤人，是不逊于人麻吕的和歌名手，此外还有许多优秀歌人。帝把当时之和歌收集起来，命名为《万叶集》。自“奈良帝”以后，虽然没有出现人麻吕这样的名家，但值得注意的有六位歌人，他们是僧正遍昭、在原业平、文屋康秀、喜撰法师、小野小町、大伴黑主六位歌人。六人各有优缺点。僧正遍昭虽是能者，但缺乏真实，就像画中迷人的美女一样。在原业平心有余而言不足，就像萎缩的花朵一样，空有颜色。文屋康秀虽然言语巧妙，但格调过高，有一种空虚感，就像商人穿上了盛装。喜撰之言前后衔接不明，开始和结尾都很暧昧，就像秋天的明月隐藏在云里。小町哀怨柔弱，就像高贵的女子患病一样。黑主之歌呈现卑下之姿，就像樵夫背负着木柴在樱花树下休息一样。除此六人之外，还有很多歌人，但他们没能表现出和歌应有之姿态。

今吾皇对国内外施予普遍的慈祥与恩惠，于政治之道，欲复兴古代优良传统，慕“奈良帝”遗风，传和歌之道于后世，于延喜五年四月十八日，命纪贯之、纪友则、凡河内躬恒、壬生忠岑四人，遴选除《万叶集》以外，从古歌到撰者自己的歌，共千首，二十卷，命名为《古今和歌集》。

吾等撰者四人，言语贫瘠，恐为世人批判，且羞于对和歌之道力所不及，但得受敕命，深感荣幸。虽人麻吕已不在世，但和歌之道却得以延续。希望此和歌集能够永存于世，将来之人读后会仰慕醍醐天皇的时代吧。

2. 和歌赏析

花の色は　うつりにけりな　いたづらに　我が身世にふる　ながめせしまに

这首和歌是小野小町的代表作。小野小町，生卒年不详，是《古今和歌集》中的六歌仙之一，平安时期的著名女歌人，传说是绝代美女，并成为日本古代美女的象征。她的和歌以恋爱题材闻名于世，包括《古今和歌集》中的在内，有六十二首入选各类敕撰和歌集。以上这首和歌收录于《古今和歌集》第二卷《春下》篇。其大意是：花儿褪去了颜色，我在这个世上空虚地过着日子，在春雨绵绵之中，陷入了深深的思念之中。

关于对这首和歌的解释，在日本有不同的版本。一种认为是作者对自身命运的哀叹，用鲜花的褪色表示自身容颜的变化和薄幸，用绵绵细雨来烘托一种忧郁的气氛。但最近更多的解释认为是作者对自身爱情生活的不满，即爱人对小野小町的爱失去了以往的热情，就像这樱花一样渐渐褪去了颜色，空留下自己一人在绵绵细雨中落寞惆怅。对于像小野小町这样一位正值芳龄且多愁善感的女歌人来说，看到鲜花颜色褪去，无论是对自身容颜老去的伤感还是对恋人的幽怨，都在情理之中，而这首和歌的妙处就是樱花的凋谢、绵绵的细雨与佳人的惆怅心情巧妙地结合起来，再辅之以“ふる”“ながめ”双关语修辞手法的使用，不但恰如其分地描绘出了一幅少女伤春的图画，而且借助樱花这一日本独特的审美意象，表现出了日本平安时代的审美情趣。汉译如下：

春日雨绵绵，樱花花色残。
时光空空去，女儿泪潸潸。

如果我们把小野小町的这首和歌看作是爱情歌的话，那么下面这首无名氏的作品也是一首意境颇佳的爱情和歌。

種しあれば　岩にも松は　生ひにけり　恋をし恋ひば　逢はざらめやも

这首和歌的大意是：如果有种子，坚硬的岩石上面也会长出大松树。人的恋爱也是一样，只要自己坚持爱情，肯定会遇到自己喜欢的人。汉译如下：

种子落岩缝，石板长青松。
吾心坚守爱，定能与君逢。

我们知道，无论是中国还是日本，松、竹、梅都被誉为岁寒三友，其中赞美松树坚强挺拔、不屈不挠的诗篇有很多，但是，像这首和歌用松树扎根于岩石之上，向上生长为大树的自然现象，来比喻对爱情的坚定和笃信的和歌，似乎并不多见。

下面是撰者之一的凡河内躬恒的一首和歌：

風吹けば　落つるもみじ葉　水清み　散らぬかげさへ　底にみえつつ

这首和歌出自《古今和歌集》的《秋上》篇，其大意是：季节已经到了深秋，色彩斑斓的树影倒映在池水中；秋风渐起，红叶飘落到水面上；池水清澈见底，飘洒的红叶在水中的投影也清晰可见。这是一首描写景物的和歌，它将秋风、红叶、池水三个景象通过秋风串联起来，形成秋风吹落枫叶，池水清澈映红的唯美景色，而且将时间（深秋）、空间（池畔）、静（池水）、动（秋风、落叶）巧妙地结合起来，为我们描绘了一幅优美的图画，堪称日本的写景佳作。而且，红叶也是日本深秋的代表景观，表明该时期日本人秋季审美意象的形成。汉译如下：

老树秋叶红，古塘碧水清。
霜风拂过处，水底见落影。

前面我们说过，平安时代是日本本土文化兴起，富有日本本土特色的审美意识形成的一个时期，如樱花、松树、红叶、露珠等自然现象，不仅成为日本和歌中的重要审美对象，而且也是其他文学形式中的必备审美要素，它们甚至超越文学，扎根日本文化之中，构成了日本文化乃至社会的主要审美象征。下面这首和歌中露珠和樱花的象征性手法，也让我们清楚地体会到了这一点。

露ならぬ　心を花に　置き初めて　風吹くごとに　物思ひぞ付く

这首和歌是《古今和歌集》的编者之一，也是其假名序的作者纪贯之的作品。其大意是：花瓣上的露珠随风摇曳，不知什么时候会掉下来。我的心情也和露珠一样，当一个坏消息传来的时候，内心就会惶恐不安。这也是一首描写恋爱的和歌，和歌中的“花”与前面所举小野小町和歌中的“花”一样，都是指代樱花，是女子的象征，露珠则比喻人的命运。

据说在三月（农历）樱花开放的时节，歌人听到某一男子在向自己喜欢的女子表达爱意，因此，内心非常焦虑不安，于是写了这首和歌以表明自己对该女子的爱。他感觉自己的爱没有一点安全感，就像樱花花瓣上的露珠一样，稍微被风一吹，就会立即消失。汉译如下：

露珠落花瓣，吾心恋君颜。
风儿吹起时，恐做烟云散。

与“露珠”一样，“梦”也是和歌中的一个重要审美意象。下面请看壬生忠岑的这首和歌。

命にも　まさりて惜しく　あるものは　見果てぬ夢　覚むるなりけり

这首和歌的大意是：有种东西比生命还要重要，那就是未做完的梦。和歌的前半部分措辞强烈，说有某种东西的价值超过生命，后半句话锋一转，指出这种东西就是中途醒来的梦。“見果てぬ夢”，在这里的意思是和自己心上人在一起的梦，却中途醒来。这是一首抒情的爱情歌，没有像前面的和歌那样，借助自然界的事物或景象，而是从观念出发，将梦（爱情）与生命对应起来，表达了作者的爱情观。“見果てぬ夢”（昨晚的梦）一词也成为日语中一个表示追求爱情的代表性词汇。汉译如下：

梦里总思卿，但愿不复醒。
若是无此爱，何必恋今生。

三、《新古今和歌集》

（一）作品简介

1201 年，后鸟羽太上皇[①]钦定源通具、藤原有家、藤原定家、藤原家隆、藤原雅经、寂连六人，进行第八部敕撰和歌集的编纂工作。1205 年，在编纂工作完成后，后鸟羽太上皇又亲自进行修订，最终完成了日

① 后鸟羽太上皇（1180—1239），在平氏集团逃离平安京后即位。1198 年让位，开始院政（太上皇掌权）。1221 年计划讨伐镰仓幕府，发动承久之变，失败。被流放到隐岐岛并死于此。精通和歌、连歌、管弦、蹴鞠等，据说多才多艺，文武双全。

本历史上最后一部敕撰和歌集《新古今和歌集》。该歌集共二十卷，收集了从大和时期至后鸟羽太上皇时的和歌约二千首，主要包括编纂者在内的当代歌人的和歌以及西行、藤原俊成等平安时代末期歌人的部分和歌。

《新古今和歌集》的歌风被称为“新古今调”，在古代和歌与平安时代物语的基础上，更多地运用双关语和同音异义词等修辞技巧，构筑起了多层次的立体式和歌意境，并通过句首词、名词结句等方法使和歌的意境更加生动鲜明，表现出和歌语言之外所隐含的丰富而复杂的余情余韵。这里的和歌并不是要表达歌人的某种直接体验或感受，而是想通过语言的声韵和修辞的巧妙结合，表现一种虚构的美。这种表现手法的背后贯穿着藤原俊成①所倡导的“幽玄”② 的审美理念和其子藤原定家③所提倡的“余情妖艳”④ 的审美意识。

（二）《新古今和歌集》和歌赏析

み吉野は　山も霞みて　白雪の　ふりにし里に　春は来にけり

这首和歌是《新古今和歌集》的卷头歌。它是《拾遗集》（1006 年左右）中壬生忠岑⑤所作和歌“春立つと　いふばかりにや　み吉野の

---

① 藤原俊成（1114—1204），平安时代末期的歌人、和歌理论家，是“幽玄”理论的倡导者，也是《千载和歌集》的编者之一，著有《古来风体抄》等多部歌学理论书籍。

② 幽玄：不用直接看得见的形状或语言进行表达，而是通过余情或感觉而体会到的某种深远、优雅的美。不仅限于和歌，也体现在其他许多领域，是中世日本的核心审美理念，也成为日本人审美意识的一个基调。

③ 藤原定家（1162—1241），镰仓时期歌人，藤原俊成之子，是《新古今和歌集》编者之一，著有《近代秀歌》等和歌理论著作。

④ 余情妖艳：在幽玄美的基础上，附带一种妖艳、浪漫的美。

⑤ 壬生忠岑，生卒年不详，三十六歌仙之一，《古今和歌集》编者之一。

山も霞みて　今朝は見ゆらむ”的“本歌取”。所谓“本歌取”是在和歌创作中，吸收前人所作和歌中的词语、构思和情趣等元素，在此基础上创作新和歌的一种手法，盛行于《新古今和歌集》时代。

《拾遗集》中壬生忠岑本歌的大意是：刚刚立春，吉野山上就已经出现了云蒸霞蔚、山色朦胧的景象。汉译如下：

时节刚立春，吉野山色新。

紫霞映峰峦，观景在今晨。

时过境迁，到了《新古今和歌集》的时代，歌人藤原良基运用“本歌取”的创作手法，在吸收壬生忠岑和歌，比如吉野山、朦胧的山色等词语以及构思的基础上，巧妙地运用日语中“降”与“古”的谐音关系，一语双关，并借助白雪、朦胧的山岚之气，在描写古都吉野早春景色的同时，表达了一种幽幽怀古之情，展现了与壬生忠岑和歌的不同意趣，无论在修辞方还是在意境方面，都体现了“新古今调”中追求余情余韵、言外之意的“幽玄”的审美意识。汉译如下：

白雪覆古都，吉野山朦胧。

举目四下望，春到古行宫。

下面出自后鸟羽上皇的这首和歌也是充分体现了《新古今和歌集》的歌风。

見渡せば　山もと霞む　水無瀬川　夕べは秋と　何思ひけむ

在清少纳言的《枕草子》之后，“秋は夕暮れ”（秋天的美在于傍晚）这一表现和审美意识，不但成为和歌等文学作品的惯用表达，而且是日本人对秋天美的一种共同认识。但是，后鸟羽太上皇的这首和歌却对这一习惯性的观念提出质疑，它没有按照人们惯常的说法去讴歌秋天傍晚的美，而是将自己的视线转向了春天的傍晚：在早春的傍晚，山脚下的溪水边，温暖的空气与水无濑川的水汽发生冷热相交的物理作用，凝聚成朦朦胧胧的一片紫色雾气。这种景象为读者勾勒出了一幅优美的傍晚春山图，表现的是一种意境幽深的虚构美。这种构思不但可以入画，而且通过对春天傍晚新奇景象的发现，改变了人们心目中的审美惯性，具有很强的创新意识。后鸟羽太上皇在水无濑川的南岸建有行宫，一方面说明他本人对此地的喜爱，同时也反映了他独特的观察力和对美的感受性。这首和歌汉译如下：

傍晚望春山，山下生紫烟。
水无濑川静，宛若在秋天。

藤原俊成是“幽玄”审美理念的倡导者。所谓“幽玄”是指和歌创作中追求的一种幽寂深奥、神秘莫测的审美情趣。下面这首藤原俊成的和歌很好地诠释了这一点。

昔思ふ　草の庵の　夜の雨に　涙な添へそ　山ほととぎす

这首和歌也是采用了“本歌取”的创作手法。其本句出自白居易的《庐山草堂夜雨独宿寄牛二、李七、庚三十二员外》中的“兰省花时锦帐下，庐山雨夜草庵中”：在淅淅沥沥的梅雨之中。身居偏僻寂静的草庐之中。藤原俊成的这首和歌，吸取了白居易诗中的夜雨和草庐等元素：在寂静的晚上，听到山中传来杜鹃的啼鸣声，忆起往事，不禁潸然泪下。这首和歌将草庐、夜雨、杜鹃的啼鸣与自己凄凉的心境结合在一起，让人有一种身临其境的感觉，就像一首悠远的乐曲一样，意味深长，耐人寻味，令人生出无限遐想，充分体现了中世和歌的"幽玄"审美理念，也产生了与白居易诗歌不同的意境。汉译如下：

草庐五月雨，山中杜鹃啼。
思人泪潸然，心中独戚戚。

藤原定家是藤原俊成之子，与父亲同为《新古今和歌集》的编者，也是其中具有代表性的歌人。他在藤原俊成和歌理论基础上，又创造性地提出了"余情妖艳"的审美理念。下面我们来欣赏藤原定家的几首和歌。

春の夜の　夢の浮橋　とだえして　峰に別るる　横雲の空

这首和歌也是采用了"本歌取"的创作手法，其本歌为《古今和歌集》中壬生忠岑的"風吹けば　峰に別るる　白雲の　絶えてつれなき　君が心か"，大意是：风儿吹，白云飘过山峰，那决绝而去的云影，是你离我而去的心吗？汉译如下：

风吹白云飘，云影掠山峰。
君心随云去，如何堪此情。

藤原定家在壬生忠岑本歌的基础上，又联想到中国的《文选》（萧统）中《高唐赋》（宋玉）以及《源氏物语》卷尾《梦浮桥》的篇章，将男女之爱与《源氏物语》中的故事情节巧妙地融入和歌中，既增加了和歌的内涵又拓展了想象空间。这首和歌虽然没有描绘男女之间的爱情，但却让人从和歌的氛围中深深体味到了恋人之间的别离之苦，表达了歌人对恋人离去的恋恋不舍之情。汉译如下：

春夜梦浮桥，醒来化幻虚。
横云别峰峦，奈何曙光出。

下面我们再看藤原定家的另一首和歌。

たまゆらの　露も涙も　とどまらず　亡き人恋ふる　宿の秋風

这首和歌是藤原定家为悼念亡母所作的一首和歌。定家之母于建久四年（1193 年）二月三日去世。当年七月五日，定家顶着狂风来到了母亲曾经居住的位于京都五条的家，将这首和歌赠与了父亲藤原俊成。这首和歌借助虚实结合的手法，将眼泪比作露珠，将在秋风中摇曳的房屋比作人世，在表达对母亲的哀悼之意和自己悲痛心情的同时，也表达了作者对人生无常的感叹。这首和歌意境优美，不但具有强烈的画面感，而且寓意深远，充分体现了藤原定家“余情妖艳”的审美理念。汉译如下：

秋风横扫房欲催，叶尖露珠眼中泪。
目睹旧迹思亡人，露消泪干皆不回。

第二章　俳句文学

第一节　俳句文学概论

俳句脱胎于俳谐。俳谐是俳谐连歌的简称，始于日本中世末期（室町时代），最初带有滑稽趣味，是在举行连歌歌会时附带的一种余兴。到了近世（江户时代），作为一种大众化的艺术形式，在百姓中逐渐流行起来。江户初期，一名叫松永贞德①的俳谐宗师将俳谐的格式进行调整和规范化，使之成为和歌的一种形式，进而形成了以松永贞德为中心的"贞门俳谐"。在"贞门俳谐"的发展过程中，由于过于受俳谐形式的束缚而逐渐失去了新意，也就逐步走向了衰退。

其后，代之而起的是以西山宗因②为代表的"谈林俳谐"。"谈林俳谐"的作者以大阪的町人为主体，俳风摆脱了传统的俳谐形式，追求大胆奔放、巧妙洒脱的创作风格，深受町人阶层的欢迎，但后期逐步走向游戏化，也逐渐衰退了下去。近世俳谐的集大成者是松尾芭蕉。

---

① 松永贞德（1571—1653），江户初期的俳人、歌人、和歌学者、狂歌师。出身京都，著有俳谐理论书《御伞》，门下涌现出北村季吟、加藤盘斋等多位俳谐师。

② 西山宗因（1605—1682），江户初期的俳谐师、俳人。出生于肥后八代地区。别号西山翁、野梅子、梅翁等。著有《天满千句》《宗因五百韵》等。门下生有井原西鹤、松尾芭蕉等。

松尾芭蕉是近世俳人的代表，他一生致力于俳句革新，并将俳谐提高到艺术高度，形成了被称为“蕉风”的独特的艺术风格。但是，松尾芭蕉去世之后，俳谐又开始向低俗化方向发展。在松尾芭蕉去世五十周年的时候，人们喊出了“回归松尾芭蕉”的口号，涌现出了以与谢芜村①为代表的一批俳人。按日本的年号，当时正处于日本的天明时期，所以这一时期的俳谐创作也被称为“天明中兴”。自“天明中兴”之后，俳谐再度走向庸俗化，至江户时代末期陈腐的“月并调”② 流行于世。这一现象，到明治维新以后的正冈子规③出现之后才得以改变。但是，在“月并调”流行的时候，小林一茶④的俳句还是以其直率的感情表达和叙事风格，给幕府末期的俳坛吹进了一股新风。

第二节　松尾芭蕉和蕉风

松尾芭蕉（1644—1694），出生于伊贺上野地区（现日本三重县西部），原名叫宗房。松尾芭蕉最初跟随北村季吟⑤学习贞门俳谐，之后来到江户，与谈林派进行俳谐创作交流，成为一名俳谐宗师。但是，后来逐渐厌倦了都市的喧嚣，在江户郊外的深川地区建了一座松尾芭蕉庵并

① 与谢芜村（1716—783），原姓谷口，别号夜半亭，画名谢长庚、春星等。出生于摄津国毛马村。

② 月并调：陈腐低俗，偏重讲道理的俳风。近代俳人正冈子规批评其为旧派俳谐、俳句。

③ 正冈子规（1867—1902），俳人、歌人。本名常规，别号獭祭书屋主人、竹里人等。出生于爱媛县松山。在报纸《日本》和俳句杂志《杜鹃》上倡导以写生为主的新俳句。著《与歌人书》，提倡万叶调歌风。成立根岸短歌会。著有《竹之里歌》《俳谐大要》《仰卧漫录》等。

④ 小林一茶（1763—1872），江户后期的俳人。名信之，别号俳谐寺、苏生坊等。出身于信浓国柏原。著有《我的春天》《父亲的临终日记》等。

⑤ 北村季吟（1624—1705），江户前期的俳人、歌人、日本学家、幕府歌学家。精通汉文，深谙儒佛神学，注释大量古典文献，堪称集古注之大成者。著有《徒然草文段抄》《源氏物语湖月抄》《枕草子春曙抄》《八代集抄》《山之井》《诽谐埋木》等。

居住于此，开创了自己独特的俳风。松尾芭蕉不但喜欢旅行，而且将人生本身看作旅行，他多次游历日本的关西、东北、北陆等地，且在旅途中写下了许多珍贵的游记和俳句作品。松尾芭蕉客死于大阪，在临终之际，留下了“旅に病んで夢は枯野を駆け回る”（虽然在旅途中卧病不起，但仍然不舍弃旅行，梦中也在荒野中游走）的名句。松尾芭蕉的俳风经历过几次变迁。最初他喜欢如其俳谐集《虚栗》中所表现出来的那种汉诗格调的俳风。1684 年，他前往关西地区旅行，开创了充满狂放精神的新俳风。关于这次旅行记录的经过，体现在了他最早的游记《野晒纪行》中。此外，在这次旅行中完成的俳谐集《冬日》，也充满了狂放精神，被认为是松尾芭蕉俳句的奠基之作。

其后，松尾芭蕉遍游日本各地，先后完成了《鹿岛纪行》《笈小文》《更科纪行》《奥州小道》数篇游记名作。1689 年，由其门人河合曾良陪同游历东北和北陆地区时撰写的《奥州小道》尤为著名。通过这些旅行，松尾芭蕉的视野更加开阔，诗情更加丰富，1691 年刊行俳谐集《猿蓑》，体现了其幽玄闲寂的“寂”、充满爱怜之情的“萎”、细腻内敛的“细”的俳句理念，从而使“蕉风”得以完成。松尾芭蕉的俳风首推风雅，在超越低俗，将俳谐提高到艺术高度方面取得了成功。此外，松尾芭蕉晚年进一步发展“蕉风”，他的俳谐集《炭俵》达到了一种平淡、轻巧的“轻”的高超境界。

第三节 《奥州小道》简介与赏析

一、作品简介

《奥州小道》成书于1689年，是松尾芭蕉在其门人河合曾良①陪同下，以奥羽地区②从春到秋的旅行为题材写的一部游记。虽然这部游记取材于真实的旅行，但这些旅行记录并不完全是真实的，而是一部具有游记性质的文学作品。文章继承了中世以来游记文学的形式，在开始的序文中，首先表明了自己的人生观；在正文部分，以那些终生生活在旅途中的船家、马夫等为例，表达了自己将旅行视为人生归宿的思想。游记描写了自己将长期居住的草庐转让给别人，临行之时，留下“草の戸も　住替る代ぞ　雛の家”（多年居草庐，如今别离他人住，雏凤欲凌空）的励志句，与门人曾良一起穿越白河关直至遥远的陆奥地区，开启了旅行生涯。

关于俳句的汉译，如同和歌一样，一般也有归化和异化两种翻译策略。在本书的和歌翻译中，采取了归化翻译策略，即将和歌翻译成了中国常见的五言或七言古诗。俳句也可以视为是日本最短的和歌，一般是五·七·五的形式，且有如“季语”之类的独特格式要求和修辞方法，完全追求形式对等的翻译几乎是不可能的，因此在俳句翻译的时候，只能采取“得意忘形”的方法。为了尽量保持一些俳句的原文风格，在本书的俳句汉译中保留其原句的音节形式，即也采取了汉语五·七·五音节对等形式。

---

① 河合曾良（1649—1710），江户前中期俳人，本名岩波庄右卫门正字，松尾芭蕉门人。

② 奥羽地区：奥羽国和出羽国，现在的日本东北地区。

二、作品赏析

下面，根据《奥州小道》中的内容顺序，将序章和部分俳句进行翻译、赏析。

序　章

日月乃百代过客，周而复始之岁月亦为行者。终生漂泊于舟船，牵着马迎来暮年者，日日皆在旅途中，旅途便是居家。古人多死于旅途，吾亦不知自何年何月，心如轻飘之片云，起旅行之情思而不能自已。流连于海滨，去秋甫回江上陋屋，扫除积尘蛛网。未久岁暮，新春迭至。每望雾霭弥天，即思翻越白川关，心迷于步行神，痴魔狂乱，情诱于道祖神，心慌意乱。乃补缀紧裤腿，新换斗笠带，针灸足三里，心驰神往于松岛之月。遂将居所让与他人，移居杉风别墅。

三月二十七日黎明，松尾芭蕉与亲朋好友相别，离开千住（地名）的草庐，开始启程。虽说做好了充分的思想准备，但一旦离开自己多年居住的草庐，又想到今后旅途漫漫，心中不免感慨万千，于是吟诵了下面这首俳句：

行く春や鳥啼き魚の目は泪

在这首俳句中，“行く春”是一个双关语，既表示春天的逝去，又表示自己将在春天的这个时间离家远行，可谓一语双关。此外，“泪”既表示鸟和鱼的泪，又表示自己的泪。因此在短短的十七言中，作者通过双关语的修辞手法，蕴含了丰富的信息和意趣；同时，这些不同的信息和意趣，又通过这短短的十七言，严谨且巧妙地组合在一起，达到一种语言和内容的完美结合，令人获得美的享受。汉译如下：

春去吾亦去，
鱼泣水中鸟啼鸣，
泪洒别亲朋。

这一天，经过跋山涉水，他们终于到达草加，住进了一家旅店。之后，他们参拜了室八岛，游览了日光的二荒山。松尾芭蕉吟诵了一首俳句：

あらたふと青葉若葉の日の光

在日语中，“荒”和“新”的发音相同，都是发“あらた”的音。同时，“青叶”和“若叶”都表示嫩叶，暗含着“二”和“新”的意思。松尾芭蕉利用这种同音异义、一语双关的手法，用一个词表达了两个意思。此外，“日の光”既指太阳光，也暗示着德川家康①的行宫所在地的“日光”。整个俳句虽然仅有十七言，却容纳了丰富的信息和形象，既描写了景色的美丽，又巧妙且不着痕迹地表达了对德川家康的赞扬。汉译如下：

二荒山景美，
青叶绿叶映光辉，
春到日光醉。

---

① 德川家康（1542—1616），江户幕府首代将军。

二人在那须野偶遇美丽少女小重，然后又拜访了住在黑羽的一位好友。在好友那里，受到主人以及亲友们的欢迎和热情款待。在接下来的几天时间里，他们游览了射犬场遗迹、玉藻前的古坟和八幡宫等。之后，受光明寺住持邀请创作俳句，并将所作俳句刻在了寺庙的门柱上。

木啄も庵は破らず夏木立

汉译如下：

草庐依旧在，
树荫葱茏遮夏日，
啄木鸟不栖。

二人离开黑羽后，参观了杀生石和游行柳。在前往杀生石的路上，接受牵马侍从的请求，松尾芭蕉作了如下这首俳句：

野を横に馬牽向よほとゝぎす

汉译如下：

茫茫原野上，
默默向前牵马人，
远处杜鹃鸣。

关于游行柳，芦野郡郡守在其生前曾对松尾芭蕉提起过，而且也是与西行[①]有缘的一棵柳树。松尾芭蕉终于来到这棵树下，和西行实现了跨时代的对话和交流。看到此树，松尾芭蕉内心不胜感慨，吟诵了如下一句：

田一枚植て立去る柳かな

汉译如下：

青青稻田间，
仿佛西行只身去，
留下一株柳。

到达白河关后，出发前对于旅途的各种担忧，也渐渐消除了。白河关是奥羽三关中文人墨客最为钟情的地方，也是留下诗歌最多的地方。想起了能因[②]法师和源赖政[③]的古诗，还有藤原清辅[④]《袋草纸》中的故事，松尾芭蕉的徒弟曾良也颇有感慨，于是吟诵如下一句：

卯の花をかざしに関の晴着かな

---

① 西行（1118—1190），平安晚期至镰仓初期的著名歌僧。俗名佐藤义清，法号元位、大宝房等。《新古今和歌集》中收录和歌最多的歌人。著有《山家集》等。

② 能因（988—?），平安中期的歌人，俗名橘永恺，出家后被称为古僧部入道。《后拾遗和歌集》收入其和歌 67 首，著有《能因歌枕》《玄玄集》《能因法师集》。

③ 源赖政（1104—1180），平安时代末期武将，人称源三位入道。平治之乱时追随平清盛。1180 年效忠以仁王，举兵讨伐平家，在宇治战败身亡。著有《源三位赖政卿集》。

④ 藤原清辅（1104—1177），平安末期的歌人、和歌学者。编撰《续词花和歌集》，晚年与御子左家的俊成对峙。著有《和歌初学抄》《清辅朝臣集》。

汉译如下：

悠悠白河关，
水晶花儿红头簪，
谁人盛装穿。

师徒二人渡过阿武隈川，再穿过影沼，住进了须贺川的旅店，其后又在俳人等穷家里逗留了四五日。这一天，等穷问松尾芭蕉在白河关是否吟诵了俳句。松尾芭蕉回答说由于身心疲惫，当时没有吟诵出满意的俳句，为此心里感到很不安，于是当场吟诵了一首。

風流の初や奥の田植歌

汉译如下：

风流人物过，
古往今来皆传说，
奥州插秧歌。

离开等穷家后，二人继续向浅香山出发，一路上各处寻找着一种叫作“且见草”的花草。这一天来到了和歌名胜“信夫[1]之乡”，访问搓板石。在这里从一名乡间儿童口中得知，这块被称作“搓板石”的石头以前是在山上的，因为某个缘故被村里人推落到了山谷中，变成了现在这

① 信夫：福岛县的旧郡名。该地的“信夫之山”“信夫之林”“信夫之乡”都是古代和歌吟咏的名胜。

样的一块倒悬向下的石头。

五月初一，松尾芭蕉来到饭冢里的鲭鱼野，访问了佐藤元治的遗迹。当年，佐藤一族为了保护源义经全部战死在这里，成就了佐藤一族的忠臣之名。这里还有佐藤继信和佐藤忠信二人妻子的墓碑，她们虽是女子，却像男儿一样英勇战斗，美名流芳百世。松尾芭蕉看着这些古人的墓碑，内心非常感动，眼泪沾湿了衣襟。到了饭冢，他们借宿在一个穷人的家里，然后经过笠岛到达了武隈松。

五月四日到达仙台，在此逗留了四五天。其间，他们遇到一位名叫加右卫门的画家。酷爱风雅的加右门卫对松尾芭蕉热情款待，二人相交甚欢。临别之时，加右门卫赠送给松尾芭蕉一双系着藏青色鞋带的草鞋，也充分表现了他的风雅之情。

接下来，松尾芭蕉又访问了多贺城的壶之碑。壶之碑历经风雨，依旧保持着原来的风貌，这让松尾芭蕉感动落泪。在访问了野田的玉川、冲石、末松山等和歌的名胜古迹之后，他们留宿在了盐龟。第二天又去参拜盐龟的神像，看到和泉三郎捐赠的宝灯古香古色，和泉三郎忠勇孝义的崇高品格又浮现在了松尾芭蕉的脑海里。

接近中午的时候，他们乘舟渡海向松岛出发。松岛的美景不逊于中国的洞庭湖和西湖，其美丽更是难以用绘画和诗文形容。此外，在雄岛岩看到了向往已久的“松岛之月”。由于过于感动，关键时刻松尾芭蕉反倒没能吟出俳句，只有门人曾良吟诵了如下一首：

松嶋や鶴に身をかれホトトギス

汉译如下：

松岛明月升，
一只仙鹤身凌空，
远处杜鹃声。

五月十一日，他们参拜了瑞严寺。五月十二又向平泉出发。途中经常迷路，而且很难找到借宿之处，一路困难重重，最后终于到了平泉。平泉是藤原氏一族的兴盛之地，也是源义经和其臣下并肩奋战、成就功名的地方，但如今这里却是一片荒凉，只剩下葱葱夏草。这不禁勾起了松尾芭蕉的怀古之情，于是吟诵道：

夏草や兵どもが夢の跡

汉译如下：

夏草丛丛生，
曾经金戈铁马声，
如今皆成梦。

他们在中尊寺参拜了金碧辉煌的经堂和光堂。松尾芭蕉作句如下：

五月雨の降残してや光堂

汉译如下：

五月雨绵绵，

淅淅沥沥下不断，
光堂金灿灿。

之后，他们离开平泉沿途转向西南，留宿在了岩手乡下。又从那里出发，经过鸣子温泉和尿前关向出羽国进发。在过关时受到守关人的盘问，好不容易才过了关，却又遇到暴风雨。他们在守关人家里住了三天。后来，在一个热情顽强的年轻向导引领下，翻山越岭，到达了最上庄。

他们在尾花泽拜访了号称清风的一位俳人，并受到了热情招待。之后又从尾花泽返回，拜访了立石寺。登上位于山上的大殿，眼前出现的是鸦雀无声的一个静默空间。此时的松尾芭蕉只感到内心澄澈清明，引发诗性，作俳句一首：

閑さや岩にしみ入蝉の声

汉译如下：

夏日立石寺，
闲寂空明入岩石，
静静听蝉嘶。

为了沿最上川顺流而下，他们在大石田等待着天气晴好的日子。当地人趁此时光热心请求松尾芭蕉进行俳谐创作指导，于是松尾芭蕉创作了联俳一卷。当乘船在最上川顺流而下的时候，河水暴涨，水流湍急，于是松尾芭蕉吟诵一句：

五月雨を集めて早し最上川

汉译如下：

五月梅雨时，
最上川上河水急，
想要阻去意。

访问了出羽三山后，六月三日他们又登上羽黑山，经一名叫图司左吉的俳人（俳号吕丸）介绍，与阿阇梨相会，并受到其热情招待。六月四日，在阿阇梨的居所参加了联俳创作会，五日参拜羽黑神社，八日和九日两天游览了月山和汤殿山。受阿阇梨之邀，松尾芭蕉作了三首俳句以颂扬三山游历，下面是描写月山的一首：

雲の峰幾つ崩れて月の山

汉译如下：

举目向远看，
云峰几朵四处散，
初见月山颜。

其后，在鹤岗的长山重行府邸创作联俳一卷，然后在一位名叫渊庵不玉的医生家里借宿一宿，第二天又向象潟进发。七月一日由于风沙和下雨影响视线，没能观景，等到第二天天气转晴，仔细观赏了象潟的能因岛、干满珠寺、鸟海山等名胜古迹。这里的风景虽然与松岛相似，却也有一种别样的情调，这不仅让松尾芭蕉想到心中景仰的佳人，吟俳句一首：

象潟や雨に西施がねぶの花

汉译如下：

象潟雨绵绵，
心中不由思西子，
花开是合欢。

随后，他们又在酒田逗留数日后，越过鼠之关进入了越后国，接下来又到达了市振。其间松尾芭蕉吟诵了两首俳句，下面是描写佐渡海峡的一首：

荒海や佐渡によこたふ天河

汉译如下：

大海波涛涌，
遥望佐渡无踪影，
眼前天河横。

在市振，他们遇到了一位去伊势神宫参拜的游女①。这位游女哭诉说自己不认识路，要求与松尾芭蕉二人同宿同行，而且说如果松尾芭蕉觉得不方便，哪怕远远地跟在他们后面也行。松尾芭蕉拒绝了同宿的请求，但觉着他们很可怜，答应了同行的要求，遂吟诵俳句一首：

一家やに遊女も寝たり萩と月

汉译如下：

夜晚宿店家，
同行游女已睡下，
秋月映荻花。

过了黑部川，再渡过几条河，随后就到达了那谷海岸。在那谷海岸，他们放弃了观赏那里的藤花风景，而是直接去了加贺国。穿过卯花山和俱利伽罗山谷后，在七月十五日抵达金泽，他们和一位俳号叫何处的大阪俳人住在一起。在这里，收到一位名叫一笑先生的讣告。此人一生酷爱俳谐，松尾芭蕉为表达哀悼之意，吟诵俳句一首：

塚も動け我泣声は秋の風

汉译如下：

---

① 游女：一指艺妓、歌妓，古代在宴会等场合唱歌跳舞或出卖色相的女子。二是指娼妓、娼妇、妓女。

耳畔起秋风，
如我悼友伤心泣，
坟冢亦动容。

接下来，他们又来到小松的多太神社，看到了齐藤实盛的遗物。目睹齐藤实盛穿过的盔甲和战袍，松尾芭蕉吟诵道：

むざんやな甲の下のきりぎりす

汉译如下：

幽幽蟋蟀鸣，
当年盔甲今犹在，
不见将军影。

在山中温泉，松尾芭蕉吟诵了如下一首：

山中や菊はたをらぬ湯の匂

汉译如下：

温泉热气腾，
旁边菊花不可折，
鼻中闻香浓。

在山中，因为曾良闹肠胃病，需要留下休养，所以松尾芭蕉决定先行一步。与曾良相别后，他先是来到了伊势国长岛的一位亲戚家里，后来又一个人住在了离大圣寺町较远的一个名叫全昌寺的禅寺里。为了表示对住持留宿的谢意，赠俳句一首：

庭掃きて出ばや寺に散る柳

汉译如下：

僧扫寺门庭，
几片柳叶落墙外，
似在拂秋风。

其后，松尾芭蕉向越前国出发，观看了西行曾经吟咏过的汐越之松，又访问了丸冈的天龙寺住持。辞别金泽的一位名叫北枝的俳人后，参拜了永平寺。

在福井，松尾芭蕉去拜会了在这里早就闻名的一位隐士等栽。松尾芭蕉十年前曾和等栽在江户见过一面，听人说他还在人世，于是到家里拜访了他，并在等栽家里住了两个晚上。其后，为了中秋赏月，又向着敦贺方向出发。

过了朝睦桥，穿过黄鹂关的贺汤尾岭，经过燧城贺归山，于八月十四日抵达敦贺。这一天天气晴好，正如旅店主人所说：“北陆的天气多变，明天是否晴天不好说。”果然第二天天气就阴了下来。松尾芭蕉遂吟诵一首：

名月や北国日和定なき

汉译如下：

本欲赏明月，
奈何北国天不定，
难料阴与晴。

八月十六日，松尾芭蕉乘舟去种滨捡拾曾惠小贝。对傍晚时分的寂寥感深有所悟，与在须磨时的感悟进行对比，吟诵如下一首：

さびしさやすまにかちたる浜の秋

汉译如下：

秋天到海滨，
海边景色若须磨，
同是寂寥心。

在敦贺受到门人路通的欢迎，进入美浓国大垣庄，与曾良、越人会和，然后到了如行的家。至此，五个月的奥羽之行顺利结束。但是，他很快又燃起了再次出行的强烈欲望，九月六日又向着伊势神宫方向出发了。松尾芭蕉作俳句一首：

蛤のふたみに別行秋ぞ

汉译如下：

时已近深秋，
心念伊势二见滩，
蛤蜊贝两重。

第三章　汉诗文学

第一节　汉诗文学概论

日本的汉诗是指日本人模仿中国的古体诗所创作的诗歌。自中国古诗传入日本之后，日本人就开始仿作汉诗。这些汉诗不但构成日本古代文学的一个重要组成部分，而且在某些时代甚至成为日本文坛的主流，形成了日本古代文学的一道独特风景。

早在日本的奈良时代（五世纪—八世纪末），随着中国文化不断向日本传播，日本人就开始了汉诗创作。日本大化改新（645 年）之后，在官方的倡导下，在宫廷贵族中兴起了汉诗的创作热潮。在建设律令制国家的过程中，天智天皇鼓励汉诗创作，将学习和创作汉诗作为律令制官员的必备修养，因此涌现出了许多汉诗作者。八世纪中叶，产生了日本第一部汉诗集《怀风藻》。

到了平安时代（794—1192）初期，日本朝廷想重振律令制，进一步学习中国唐朝的文化制度，培养大批具有律令制思想的新兴官僚，朝野上下出现了“唐风文化”全盛（全面唐化）倾向。嵯峨天皇①，基于中

① 嵯峨天皇（786—824），第五十二代天皇，桓武天皇皇子。在位时推行中国唐朝文化，命令编纂《凌云集》等。《凌云集》被称为日本三笔之一。

国魏文帝曹丕的《典论》[①]中“盖文章，经国之大业，不朽之盛事”的理论，将文学的意义与国家的盛衰直接联系在了一起，把培养具有汉诗与汉文修养的官员当作国家的头等大事。在这一背景下，九世纪前半叶，汉诗创作迎来了空前的兴盛期。在天皇命令下，先后编纂了《凌云集》[②]、《文华秀丽集》[③]和《经国集》[④]三部敕撰汉诗集。其内容受中唐时期华丽诗风的影响，逐渐从古体的五言诗转向了近体的七律和五言绝句。代表性的诗人有嵯峨天皇、小野篁、空海，以及其后的都良乡、菅原道真、纪长谷雄等。作为私家文集，空海的诗集《性灵集》[⑤]及诗论《文镜秘府论》[⑥]、菅原道真的诗集《菅家文草》[⑦]和《菅家后集》[⑧]对后世的汉诗创作产生了很大影响。

到了九世纪中叶，随着律令制的崩溃、遣唐使派遣的停止以及假名文字的产生，汉诗兴盛的势头有所减弱。十世纪以后，伴随着和歌和女性文学的兴起以及摄关政治体制的确立和藤原氏对朝政的垄断，汉诗失去了作为官员安身立命的意义和价值，原来所倡导的文章经国思想也形同虚设，汉诗逐渐没落，其主流和命脉基本固定在了菅原和大江两家。

---

① 《典论》：曹丕著，三国时期。

② 《凌云集》：814 年成书，是日本最早的敕撰汉诗集。根据嵯峨天皇命令，小野岑守、菅原清公等编撰，收录诗人二十四人，汉诗九十一首。

③ 《文华秀丽集》：818 年成书，由嵯峨天皇命令，藤原冬嗣及仲雄王、菅原清公、勇山文雄、滋野贞主等编撰，收录诗人二十八位，有汉诗一百四十八首。

④ 《经国集》：827 年成书，由淳和天皇命令，良岑安世、滋野贞主、菅原清公等编撰，共二十卷，现存六卷。

⑤ 《性灵集》：835 年成书，十卷，空海著，真济编，收录诗、碑文、启、愿文等约一百一十篇。后来第八、九、十卷散佚，1079 年济进收集佚文，补缺编成《续性灵集补缺抄》。

⑥ 《文镜秘府论》：820 年以前成书，六卷，日本第一部诗论，收集整理了六朝、隋唐时期的诗学和诗论，主要讲述有关声韵、修辞方面的理论和诗作的理念。

⑦ 《菅家文草》：900 年成书，十二卷，前六卷为诗，后六卷是赋、铭、赞、奏疏、愿文等。亦称《道真集》。

⑧ 《菅家后集》：903 年成书，一卷。亦称《西府新诗》。

从平安末期到镰仓幕府初期，禅宗逐渐从中国传入日本，许多中国僧人以及日本留学僧将中国禅林书院的汉诗创作风格传入日本。在从镰仓晚期到室町时期的大约三百年间，以五山[①]禅僧为中心的僧人创作了大量的汉诗。除了这些在禅院举行仪式时创作的汉诗外，还有许多杰出的古诗、律诗、绝句以及序、赋等作品，形成了日本的"五山文学"。

室町初期活跃于诗坛的义堂周信[②]和绝海中津[③]被称为五山文学隆盛期的双杰。这一时期的汉诗，对普通人来讲，虽然有些晦涩难懂，但对日本的绘画、建筑乃至园林、戏曲和礼法等都产生了诸多的影响。

到了江户时期，汉诗成为汉学者的一种余兴，受朱子学的影响，缺乏文学情趣。在汉诗萧条的境况中，在隐士[④]之中出现了被称为汉诗双杰的石川丈山[⑤]和元政[⑥]二人。此外，从古文辞学派中也诞生出了如荻生徂徕[⑦]等一些杰出诗人。

---

① 五山：日本中世临济宗寺院中的最高寺格。由足利义满确定，有京都五山和镰仓五山。京都五山：位于京都的临济宗寺庙，1386年足利义满将其顺序确定为：第一天龙寺、第二相国寺、第三建仁寺、第四东福寺、第五万寿寺；另有别格南禅寺。镰仓五山：位于镰仓的临济宗五大寺，1386年定其顺序为建长寺、圆觉寺、寿福寺、静智寺、静妙寺。

② 义堂周信（1325—1388），南北朝时代临济宗的僧人。号空华道人、土佐人。受足利义满的庇护，主持京都的建仁寺、南禅寺。五山文学初期的代表人物之一，著有诗文集《空华集》、日记《空华日工集》等。

③ 绝海中津（1336—1405），室町初期临济宗僧人。出身土佐，侍从梦窗疏石。1368年赴中国，回国后受足利义满重用，主持等持寺、相国寺等。五山文学的权威，著有汉诗文集《蕉坚稿》等。

④ 隐士：隐居者。断绝与世俗间的交往，进行修行或过自在生活的人。

⑤ 石川丈山（1583—1672），江户初期的汉诗人、书法家。三河人。本名重之，号六六山人、诗仙堂等。开始作为武士侍奉德川家，后跟随藤原惺窝学习汉诗，在洛北的一乘寺建造诗仙堂并隐居于此。著有《诗仙诗》《覆酱集》《诗法正义》等。

⑥ 元政（1623—1668），江户初期日莲宗僧人、汉诗人、歌人。京都人。讳号日政等。著有《草山集》《草山和歌集》《本朝法华传》等。

⑦ 荻生徂徕（1666—1728），江户中期的儒学者。江户人。徂徕为其号。初学朱子学，后提倡古文辞学，站在古典主义立场上，倡导重视政治、文艺的儒学。著有《辩道》《论语征》《萱园随笔》《南留别志》《译文筌蹄》等。

到了十八世纪中叶，汉诗创作又出现了一些新动向，形成了许多汉诗社。在地方上涌现出了许多杰出诗人，如备后（现冈山县）地区以清新明快诗风著称的菅茶山①、丰后（大分县中南部）地区以雅致凝重见长的广濑淡窗②，还有以史书《日本外史》知名的赖山阳③也长于汉诗创作。赖山阳辗转于日本各地，以历史上的奇闻逸事为题材，创作了许多杰出的诗作。此外，还有放浪诗人梁川星岩④，以及赖山阳门下的江马细香⑤等女诗人也颇具盛名。江户时代后期，虽然没有形成统一的汉诗风格，但涌现出了许多具有鲜明个性的诗人和作品，形成了汉诗的又一个兴盛时期。

第二节 《怀风藻》汉诗赏析

《怀风藻》是日本最早的汉诗集，该诗集成于751年，编者不详。它收录了近江、奈良时代大约一百年间六十四位作者的一百二十首汉诗，其中描写宴饮和游玩的占了大多数。诗的形式以五言为主，多为模仿中国六朝的古体诗。

---

① 菅茶山（1748—1827），江户后期的汉诗诗人。本姓菅波，名晋师。备后（现冈山县）人。早年在京都学习程朱理学，后归乡开设黄叶夕阳村舍。诗风清新，以田园诗著称，著有《黄叶夕阳村舍诗》等。

② 广濑淡窗（1782—1856），江户后期儒学家、汉诗人、教育家。名简，后改为建。字廉卿，后改为子基。创办学塾咸宜园。著有《淡窗诗话》等。

③ 赖山阳（1780—1832），江户后期儒学家、历史学家、汉诗人、书法家。著有《日本外史》。

④ 梁川星岩（1789—1858），江户晚期汉诗人。美浓（岐阜县）人。早年游学江户，就学于奚疑塾。1817年与人组织白鸥诗社。其作品收入《西征集》，有“日本李白”之称。著有《星岩集》二十六卷、《星岩先生遗稿》十四卷等。

⑤ 江马细香（1787—1861），江湖晚期汉诗人、画家。师从赖山阳，著有《湘梦遗稿》等。

下面这首汉诗是大津皇子[①]所作，诗的形式和意境都反映了浓厚的中国六朝古诗特点。

临终一绝

大津皇子

金乌[②]临西舍，鼓声催命短。

泉路无宾主，此夕离家向。

下面是出自五山文学中汉诗诗人虎关师炼的一首诗：

秋日野游

虎关炼师

浅水柔沙一径斜，机[③]鸣林响有人家。

黄云[④]堆里白云[⑤]起，香稻熟边荞麦花。

下面是出自江户时代几位著名诗人的几首汉诗作品：

武藏晴月

林罗山

武陵秋色夜婵娟，旷野平原晴快然。

---

① 大津皇子（663—686），天武天皇之子，其母为天智天皇之女大田皇女，娶天智天皇之女山边皇女为妻。

② 金乌：太阳。

③ 机：织布机。

④ 黄云：成熟的稻谷色。

⑤ 白云：荞麦花的颜色。

辗转青青无辙迹，一轮千里草连天。

江上田家

荻生徂徕

门巷随江曲，田家离落稀。
岸低洗耕具，雨霁晒鱼衣。
小犊负薪饮，扁舟割麦归。
儿童沙上戏，鸥狎不高飞。

江　村

广濑淡窗

数家篱落水西东，芦笛花飘雨后风。
日暮钓鱼人已去，长竿插在石矶中。

水　声

赖山阳

夜宿溪亭烛影愁，闲闻檐溜泻高秋。
起推窗户知非雨，石濑娟娟碎月流。

第四章　物语文学

第一节　物语文学概论

一、物语文学的诞生与平安时代的物语

大约在九世纪，日本在汉字的基础上创造出了自己独特的假名文字。由于假名文字便于书写，逐渐为人们所接受，这样以汉字为表音的文字——万叶假名也就逐步退出了历史舞台。假名文字的使用，使得一些日常性的情感或思想表达更为简洁便利，极大促进了日本文学的发展。很快就出现了一种用假名文字书写的，与以前的神话、传说、说话等不同的新的文学形式——物语文学（简称物语）。

在日本早期的物语中，有以古代传说中的人物和事件为题材的虚构性“创作物语”的系列作品，也有将当时贵族社会生活中吟诵的和歌故事或者将和歌的词句按照物语的形式书写下来而形成的“和歌物语”系列作品。其中“创作物语”系列的代表作是《竹取物语》，“和歌物语”系列的代表是《伊势物语》。

伴随着“创作物语”与“和歌物语”的诞生，将前者的虚构性、写实性与后者以和歌为主的叙事性结合起来，再吸取日记文学中对现实和

人内心世界进行审视的特点，最终诞生了堪称日本古典文学中最伟大作品的《源氏物语》。

在《源氏物语》之后，虽然又相继出现了许多长篇或短篇物语作品，但其中大部分都散佚了。目前只剩下如《滨松中纳言物语》《夜半觉醒》《狭衣物语》《置换物语》《提中纳言物语》等一部分作品。在平安时代后期的物语作品中，虽有像《夜半觉醒》那样长于心理描写的佳作和像《提中纳言物语》那样具有近代小说性质的优秀短篇，但更多的则是以《狭衣物语》为代表的，深受《源氏物语》影响的模仿作品。其中，像《滨松中纳言物语》那样游离于现实世界之外的，以及像《置换物语》那种表现颓废和官能性内容的作品，反映出了平安时期日渐衰落的贵族社会的现实。到了平安时代后期，伴随着贵族社会的没落，物语的创造力也逐渐衰退，之前的物语就被后来兴起的历史物语和拟古物语取代了。

二、历史物语与拟古物语

平安时代后期，随着贵族社会的日渐衰落，一些贵族开始怀念以前的文化和曾经的辉煌时代，并想通过书籍将其记录下来。这样就兴起了一股历史写作的热潮，而且为了重振物语，人们纷纷从历史题材中寻找创作素材，因此历史物语也就应运而生了。在历史物语中，《荣华物语》和《大镜》是具有代表性的两部作品。

《荣华物语》是日本最早的历史物语，分为正篇和续篇两部分。正篇大约在 1028—1037 年间完成，据推测作者是赤染卫门①。其续篇于 1092

---

① 赤染卫门：平安中期的女歌人，生卒年不详。赤染时用之女，大江匡衡之妻。曾先后侍奉藤原道长之妻伦子及其女儿上东门院。与《和泉日记》的作者和泉式部齐名，被推断为《荣华物语》的作者。著有私家和歌集《赤染门卫门集》。

年以后完成，作者未详。该书记述了继六国史[①]之后，从宇多天皇[②]到堀河天皇[③]之间约二百年的历史。以《源氏物语》为范本，描写了藤原道长的荣华史，虽然对在与藤原道长的权力斗争中失败的贵族们抱有同情态度，但却不触及藤原道长的谋略，通篇都是对藤原道长的赞美。文章的整体基调是感伤的，但没有揭露政治的丑陋部分，是缺乏历史批判精神的。

到了中世，在平安时代末期《大镜》（后文介绍赏读）和《今镜》[④]的基础上，又相继产生了《水镜》和《增镜》两部历史物语，被统称“四镜”。产生于镰仓初期的《水镜》以编年体的形式，记录了古代至镰仓初期大约一千五百年的历史，文风朴素，但作为物语文学的魅力却不及《大镜》。

十四世纪中叶成书的《增镜》以编年体的形式记录了从后鸟羽天皇到后醍醐天皇间大约一百五十年的历史，是“四镜”中最后一部作品。从流畅优美的拟古文中可以窥见作者对王朝文化的憧憬，其艺术成就仅次于《大镜》。

除了历史物语之外，在这一时期还有部分史论书籍，如《愚管抄》和《神皇正统记》等。《愚管抄》是慈圆[⑤]所著，七卷，约 1220 年成书。全书用假名书写，记录了从天武天皇到顺德天皇之间的历史，在注重史

---

① 六国史：奈良、平安时期编修的六部官修国史的总称。

② 宇多天皇（867—931），第五十九代天皇（887—897 年在位）。名定省。意欲亲政，但遭到关白藤原基经的阻挠。后主导宽平之治。最后出家称宽平法皇。著有《宽平御遗诫》、日记《宇多天皇御记》。

③ 堀河天皇（1079—1107），第七十三代天皇（1086—1107 年在位）。名善人，白河天皇第二皇子。在白河太上皇的院政下勤勉于政务，被人们称为贤王。

④ 《今镜》：十卷，作者不详，1170 年成书。承接《大镜》，由大宅世继孙女讲述，以纪传体的形式记载了从后一条天皇到高仓天皇十三代共一百四十六年的历史。

⑤ 慈圆（1155—1225），镰仓初期天台宗僧人，天台座主。关白藤原忠通之子，谥号慈镇。杰出歌人，著有私家和歌集《拾玉集》。

实的基础上，侧重于陈述相关的历史观。《神皇正统记》，北畠亲房[①]著，六卷，1339 年成书，1343 年修订后献给了后村上天皇。该书记述了从古代到后村上天皇的历代天皇的事迹以及国家的兴亡故事。其主张南朝的正统性，并将日本奉为神国，主张爱国精神和国家的尊严。

此外，自进入镰仓时期以来，一部分模仿《源氏物语》的创作风格，描写平安时期宫廷贵族生活和恋爱的物语作品仍然不断出现。另外，还有一些模拟改写的作品如《无名草子》《风叶和歌集》等，但其大部分都已经散佚，目前保存下来的只有《住吉物语》《松浦宫物语》等少数作品。这些物语作品被称为拟古物语。因其是平安时代物语的模仿或改写，其艺术价值也都没达到相应的高度。

三、军事物语

到了中世（1192—1603）初期，军事物语的创作进入兴盛期。军事物语是一个反映日本平安末期政治集团之间军事斗争的一系列物语作品。这些物语作品以直接或间接经历战乱者的口述或记录为母体，刻画了生活在动荡社会中的众生相，其中包括《保元物语》《平治物语》《平家物语》《太平记》《义经记》《曾我物语》等。

《保元物语》和《平治物语》是镰仓前期完成的作品，作者均未详。《保元物语》以保元之乱[②]为题材，其中对武将源为朝的描写栩栩如生。

---

① 北畠亲房（1293—1354），南北朝时期的公卿、武将、学者。侍奉后醍醐天皇。建武新政后，负责日本东北地区的行政事务。南北朝分裂后，将天皇迁于吉野，建立南都。著有《职原抄》《元元集》等。

② 保元之乱：1156 年在京都爆发的内乱。因崇德上皇和后白河天皇之间的对立，再加上摄关家的藤原赖长和忠通之间的家督纷争，上皇、赖长一方招源为义、平忠正，后白河、忠通一方招源义朝、平清盛等武士集团参战。崇德上皇一方失败，他被流放到赞岐，赖长战死。此事件成为建立武家政权的开端。

《平治物语》以平治之乱[①]为题材，对战败而死的源义朝之子恶太郎义平形象的刻画及其爱人常盘御前逃亡过程的描写，都非常生动感人。这两部作品都将笔触集中于武士集团的活动，对失败者抱有一种善意的目光。

《太平记》作者一说是小岛法师，但更多人认为是经过多人修补而成的。成书时间大约在十四世纪中叶。该书描写了自后醍醐天皇的讨幕计划，经过建武中兴、室町幕府成立到三代将军足利义满约半个世纪的历史。全书基于儒教理论，在政治和武士生活中寻求真和善，描写了处于慌乱年代的社会众生相，具有一定的批判意识。这一点也是不同于《平家物语》之处，但该书缺乏《平家物语》叙事诗的特点和情趣。文章使用偏重于汉语和佛教用语的汉文风格的“和汉混交文”[②]，还包含华丽的“道行文”[③]，由物语僧来解说，到了近世则由《太平记》朗读者[④]进行演说，受到了大众的喜爱。

第二节　作品赏析

一、《竹取物语》

（一）作品简介

《竹取物语》是日本最早的物语作品，被紫式部誉为日本的“物语之

---

① 平治之乱：1159年在京都爆发的内乱。后白河太上皇的近臣之间引发的源氏和平氏两大武士集团之间的对立，经过激战，源氏失败，之后平氏政权建立。

② 和汉混交文：和文体与汉文训读文体混用的文体，形成于平安时代后期，特别是镰仓时代以后被广泛应用于军事物语。

③ 道行文：是将旅途中的风景和情感通过枕词、挂词、缘语等修辞方法进行叙述的一种文体，多为七五调。在戏曲界，道行是指男女私奔、殉情途中的故事。

④ 《太平记》朗读者：江户初期，在路边等地方通过诵读《太平记》而挣钱的人，是后世说书艺人的鼻祖之一。

祖”。该作品成形于九世纪末至十世纪初，作者不详。故事取材于日本古代的民间传说，运用日式汉文训读文体，以简洁朴实的语言，描绘了美丽的赫夜姬从出生到成长再到拒绝王公贵族求婚，最后返回月宫的离奇故事。作品采用浪漫与现实相结合的手法，讽刺和批判了权贵社会的虚伪和丑恶现实，展现了物语文学的独特魅力，对日本后世的物语作品，尤其是《源氏物语》的创作产生了很大影响。

（二）故事梗概

在很久以前，有一对以砍竹和制作竹制品为生的老翁和老妪。老翁每日到山中砍竹，制成器皿贩卖。有一天，老翁来到山上，正要砍竹的时候，忽然发现有一棵竹子闪闪发光。他好奇地走到近前一看，发现光是从竹筒中发出的。他打开竹子，发现竹筒里坐着一个长约三寸左右的可爱女婴。老翁把女婴托在掌上带回家，交给老伴照料。因为膝下无子，老翁夫妇就把女婴当作亲生女儿抚养。自此以后，老翁在砍竹子的时候，经常从竹筒里发现金子，于是就慢慢变得富裕起来了。

仅仅过了三个月，这个女婴就长成一位如花似玉的美少女。老翁夫妇托人给她取名为赫夜姬。很快，关于赫夜姬绝代美丽的消息不胫而走，许多男子都对她梦寐以求，以好色著称的五位王公贵族石作皇子、车持皇子、右大臣阿部、大纳言大伴和中纳言石上对赫夜姬更是垂涎欲滴，志在必得。

但是，赫夜姬的心却丝毫不为所动。见女儿态度坚决，老翁对求婚者说“赫夜姬非我亲生女儿，我也做不得主”，婉言拒绝了。可是，在这五位求婚者的执着要求下老翁又动了心，于是劝说赫夜姬。

“女儿啊，我有话要对你说！”

“什么事我都会听您的。”

“你这么说让我非常高兴。其实也没什么。一般呢，这个世上的人都要结婚的，如果能嫁到豪门，会给娘家全家带来荣华富贵。你能不能见见这五位求婚者呢?”

“只有这件事我不能听您的。”

“可是，这几位都是很有诚意的啊!”

“他们的诚意我清楚。这样吧，请您这样告诉他们，如果其中哪一位能满足我的要求，我就认为他是有诚意的。”

老翁对赫夜姬劝说的结果，就是赫夜姬给五位求婚者分别提出一个要求，谁要能满足她的要求，就同意跟他结婚。

赫夜姬向五位求婚者提出的条件分别是：石作皇子取来佛前的石钵；车持皇子取来东海蓬莱山上的玉枝；右大臣阿部取来唐土火鼠皮衣；大纳言大伴取来龙首五色珠；中纳言石上取来燕子安贝。这五样东西都非本国所有，五位求婚者开始了各自的寻宝活动。

首先是石作皇子。他深知即使远赴天竺，也无法拿到那个独一无二的佛前石钵，于是就对赫夜姬谎称自己去了天竺。过了将近三年，他在山中某个寺庙找到了一个石钵，然后附上一首和歌赠给了赫夜姬。但是，这个石钵只能发出萤火虫一样的光亮，一眼就被赫夜姬识破了。石作皇子仍不死心，他扔掉石钵，并恬不知耻地作了一首和歌进行辩解：

“石钵无光芒，皆因您太强。”

石作皇子送上和歌后，就灰溜溜地走了。

第二位是车持皇子。车持皇子是一个工于心计的人，他表面上伪装成要出发到蓬莱取玉枝的样子，暗地里却安排好六名手艺高超的工匠，悄悄制作赫夜姬所要的玉枝。果然，工匠们不负所望，制作的玉枝足可以假乱真。这一天，车持皇子装扮成远道归来的样子，向赫夜姬赠送玉枝。见到玉枝，赫夜姬也被蒙蔽了，她心想这下可完了。老翁也在一旁催促她说：

“快去见皇子吧。”

赫夜姬双手托腮，愁容满面。

“到现在看你还有什么话可说!”

车持皇子来到老翁的家门前，心中暗自高兴着。

老翁开始为他们准备结婚用的新房。车持皇子则滔滔不绝地向老翁讲述自己远赴蓬莱的冒险之旅。可就在这时候，院子里忽然进来了几个男子，其中一个说：

“我们辛辛苦苦做了玉枝，为什么不给我们工钱呀?”

原来这几名男子正是皇子请来打造玉枝的工匠。一句话戳穿了车持皇子的阴谋。

赫夜姬心中的忧愁一下子云消雾散了。老翁也非常尴尬，在一旁假装打起了瞌睡。车持皇子为了挽回面子，当场训斥了这些工匠，但终究觉着无颜见人，于是隐居到了深山里。

第三位是右大臣阿部。右大臣阿部家财万贯，他出巨资请求当年乘船来日本的一个叫王卿的人从唐朝帮他买一件火鼠皮衣。等唐朝的船到达日本的时候，王卿让中间人捎信说：“因为这件皮衣产自天竺，非常珍贵，需要再添加五十两金子。”区区五十两金子对于右大臣来说是微不足道的，右大臣看这件皮衣也的确非同寻常，确定是真货，于是买下皮衣。右大臣将皮衣赠给了赫夜姬，并附上了一首和歌。但赫夜姬却心生怀疑，当老翁把右大臣迎入家中的时候，赫夜姬对老翁说：“我们用火烧一烧，如果烧不坏就是真的。”大臣满口答应着把火鼠皮衣投到火中。皮衣呼呼地被烧成了灰。看着赫夜姬满面欢喜的样子，右大臣沮丧地离开了老翁的家。

第四位是大纳言大伴。大纳言召集侍从，命令他们去海里取龙头上的珍珠。可谁又曾见过龙是什么样的呢？侍从都感到不知所措。大纳言训斥说如果拿不到珍珠就别回来见我。侍从们看实在无法办到，于是就各奔他乡了。大纳言对此全然不知，他为了迎娶赫夜姬建好了新房，并和原来的妻子离了婚。过了好长时间，侍从没一个回来，大纳言等得不耐烦，只好亲自出海了。可是，等待他的是一场风暴，大纳言晕船晕得呕吐不止，撑船人对他说“这是龙王的惩罚啊”。因为惧怕龙王发怒，大纳言只好无功而返。

等他死里逃生，回到明石海岸的时候，眼睛已经肿得像两个熟透的李子一样。回到家里，大纳言仰天长叹：

“赫夜姬简直就是个大强盗，她这是要害死我啊！”

大纳言也受到了前妻的嘲笑。

最后一位是中纳言石上。为了得到燕子安贝，侍从们纷纷给他出主意。有人说“燕子安贝是燕子产卵时分泌的东西”，也有的说“厨房的房梁上就有燕子窝”，等等。中纳言听信了一个老者所言，准备让侍从坐在一个筐子里，吊到房梁上去取燕窝，但中纳言对侍从不放心，又决定亲自坐进筐子。很快，他从房梁上拿到了燕窝，于是对下面的人喊道：

“我拿到了，往下放！”

侍从们听到声音，却割断了绳子，中纳言倒栽葱似的摔了下来。等被摔晕的中纳言醒来后，发现手里握着的却是一把燕子的粪便。中纳言羞愧难当，一病不起。

听到这消息，赫夜姬差人送来了一封慰问的和歌，中纳言读着和歌，感到羞愧难当，气绝身亡。

人们对赫夜姬的赞美，不久也传到了天皇的耳朵里。

“对众多求婚者无情拒绝的赫夜姬，究竟是一位什么样的女子呢？”

天皇暗自寻思着，他想命令女官前去看看赫夜姬的容貌。但赫夜姬严辞拒绝，并传话给天皇说：

“如果说我违背了天皇的旨意，就请下令杀我吧!”

天皇接到汇报后，仍然不死心，他命人传旨说如果赫夜姬能够进宫，就封赏老翁官位。但赫夜姬回答说：“如果我进了宫，老翁得到了官位，那我就会自死!”

老翁听了这话，也只好断了当官的念头。

但是，天皇并不甘心，又想出一个办法。他借狩猎为名，突然闯入老翁的家里，见到赫夜姬果然光彩夺目，美若天仙。天皇想强行把赫夜姬带走，当他用手抓赫夜姬的衣袖时，赫夜姬忽然变成了影子。没有办法，天皇只能央求赫夜姬现身，让他一睹芳颜。自天皇见到赫夜姬本人之后，更是朝思暮想，他给赫夜姬送去和歌，赫夜姬也给了天皇回信的和歌。

转眼三年过去了。每到月出之夜，赫夜姬总是望着月亮发呆出神。尽管老翁劝她“不要看月亮啦”，但她还是会看着月亮伤心落泪。眼看八月十五就要到了，这一天，赫夜姬眼含泪水，对老翁述说了自己的身世。

“我本不是地上的人，我家住月宫。因为某个缘由，我来到了人间，现在到我该回去的时候了。八月十五晚上，月宫里会派人来接我。”

“你在说什么啊！我是不会答应的!”老翁哭着说。

赫夜姬一边哭一边说：

“虽然分别很痛苦，但我也没有办法。”

八月十五晚上，天皇派遣两千名士兵手拿弓箭守在老翁的家。赫夜姬被关在屋子里，老妪抱着她，老翁则把守在门口。

夜深了，大约子时的时候，房子的周围突然明亮起来，月宫里的使者驾着云来到老翁家的上空。原本手持弓箭、严阵以待的士兵们却突然手脚无力，弓箭落地，完全丧失了战斗力。

这时候，一个在空中乘着车辇，像王一样的人对老翁说道：

“赫夜姬下凡到你家，是因为你平日积下了一些善行功德，赫夜姬是为赎在月宫犯下的罪才短暂地留在了这个污秽的地方。”

天神说完，关着赫夜姬的房门自动打开了。赫夜姬将自己的衣服和一封信留给老翁夫妇作为纪念，同时把长生不老药和一封信托人捎给天皇，然后穿上仙人的羽衣，瞬间忘记了与老翁的父女之情，坐上天神的车辇，向月宫飞去了。

老翁夫妇十分悲痛，卧病不起。天皇也彻底绝望了。既然没有了赫夜姬，要长生不老药又有什么用呢？于是，天皇向离天最近的骏河国的一座山顶上派送了许多兵士，让兵士们在山顶把长生不老药和信一起烧掉了。

后来，那座山被取名为“富士山”，山顶上的烟据说直到现在仍然向云中升腾着……

以上是《竹取物语》的故事梗概。无论中国还是日本，研究《竹取物语》的著述都很多，而人们关心的问题主要还是集中在《竹取物语》的成书上，也有跟中国的唐代传奇、嫦娥奔月、斑竹泪等神话传说进行比较研究的。《竹取物语》的成书与中国文学乃至文化有着密切关系，这一点是毋庸置疑的。但是，我们也应看到，在《竹取物语》中，也包含着许多日本的文化元素，比如说竹子的象征意义、日本人对小巧事物的偏爱、平安时代的社会风俗以及富士山的传说等。平安时代是日本对中国文化吸收最为旺盛的一个时代，同时也是中国文化和日本本土文化相互融合，孕育出其自身文化的一个重要时期，比如说日本文字——假名的产生、物语这一日本独特的文学形式的出现等，还有同时期的和歌、随笔、日记等的发展等。这些都说明在这一时期，日本本土文化出现了突飞猛进的发展，这也是日本人常说的从“唐风文化”向“国风文化”

的转变。从这个意义上讲，《竹取物语》不但是日本最早的物语作品，也是中国文学与日本文学相互融合的一个典范，是日本古典小说起步的一个象征。

二、《伊势物语》

（一）作品简介

如前文物语概论中所述，在日本平安时代的物语作品中，有一种是以和歌为中心而展开故事的物语，叫和歌物语。在和歌物语系列作品中，《伊势物语》是最具有代表性，也是日本最早的一部和歌物语。

《伊势物语》的作者不详，大概成书于十世纪初至中叶之间。该物语中的故事短小精悍，非常富于浪漫和抒情色彩。《伊势物语》用相对独立的一百二十五个短篇，描写了一个名叫“昔男”的主人公的一生。主人公的原型据说是平城天皇的第五个皇子在原业平①。在原业平出身名门，身份高贵，是有名的美男子和宫廷歌人，且因“好色”而闻名于世，在当时称得上是女人心目中的白马王子。《伊势物语》所描写的人物形象并没有和在原业平的原型完全重合，而是运用虚构的手法，将一个脱离权势、一心沉浸于“好色”世界中的美男子的爱情经历及其追求“风雅”的精神世界，通过优美的和歌与简洁明快且富于浪漫抒情色彩的文字描绘出来。《伊势物语》是日本人最喜爱的古典文学作品之一，它对《源氏物语》的创作乃至后世的能乐以及江户时期近世小说的创作都产生了很大的影响。

---

① 在原业平（825—880），平安前期的歌人，六歌仙和三十六歌仙之一。人称在五中将、在中将。阿保亲王的第五子。歌风热情洋溢。被视为《伊势物语》主人公的原型。被称为日本古代好色的典型，与美女小野小町相同，是日本美男子的代表。是后世戏曲和文艺中的主要人物。著有歌集《业平集》。

（二）故事梗概

从前，有一名男子，正值弱冠之年，英姿勃发。有一天，他到奈良郊外一个叫春日的地方狩猎，看到了一对长相俊俏的姐妹，于是春心荡漾起来。他模仿成年人，装作很懂风情的模样，将自己猎装的裙摆割下一片，在上面写了一首和歌，赠给这对姐妹花。

春日野の　若紫の　すりごろも　しのぶの乱れ　限り知られず

汉译为：

春日到乡下，偶遇姐妹花。
娇美若天仙，容姿可入画。

后来，这名男子又与一名被称作二条后的高贵女子坠入爱河。由于二人的爱情不为世间所容，于是他们悄悄私奔。可不幸的是，他们的行踪被发现，二条后被她的几位兄长找到并带回了家。到了第二年初春的时候，这名女子被迫嫁给了天皇。过了一年，这名男子对女子仍然念念不忘。在一个晚上，他来到女子以前的居所。此时院子里梅花盛开，在月光照耀下很是美丽。虽然梅花依旧，但不见心上人的影子，更难以寻觅到以前的幸福了。睹物思人，男子很是伤感，于是吟诵道：

月やあらんぬ　春や昔の　春ならぬ　我が身一つは　もとの身にして

汉译为：

月是去年月，梅是去年梅。
今宵人不在，心中徒伤悲。

他沉浸在痛苦的相思之中，在这里度过了一个不眠之夜，第二天黎明才含泪离去。

失去心上人的男子，带着悲伤的心情，开始了东国之旅，沿东海道向东出发。为了抚慰受伤的心，每遇到一处新奇的风景，他就吟诵一首和歌。

在三河国（爱知县）的八桥，他坐在河岸的树荫下，一边吃着干粮，一边欣赏着河滩上盛开的燕子花。这时候，同行的一位友人提议用燕子花的五个音（か、き、つ、ば、た）作为句首音，分别作一首和歌。男子率先吟诵道：

唐衣　着つつなれにし　つましあれば　はるばる来ぬる　旅をしぞ思ふ

汉译为：

身上唐衣娟变柔，伤别爱人东国游。
千山万水路途远，美景虽多难忘忧。

听了男子的这首和歌，同行的几位友人也都颇为动情，他们想起各自留在京城的爱人，一个个眼泪扑簌簌地滴落在手中的干粮上。一行人又来到了骏河湾（静冈县），他们偶然遇到的一位行脚僧恰好是男子的旧相识，于是男子托这位僧人给京城的爱人捎去了一封信，里面写着一首和歌。

駿河なる　宇津の山辺の　うつつにも　夢にも人に　逢はぬなりけり

汉译为：

行至骏河宇津山，眼前景色如梦幻。
梦里现实均难逢，旅途寂寥空思念。

他们继续前行，忽然远远望见了富士山。虽说已经是初夏时节，但富士山上仍然是白雪皑皑，众人甚是惊奇。于是男子吟道：

時知らぬ　山は富士の嶺　いつとてか　鹿の子まだらに　雪の降るらむ

汉译为：

季节不懂富士巅，雪飘竟在初夏天。
山上宛若梅花鹿，黑白相间影斑斓。

过了不久，一行人又来到了位于武藏国（东京都）和下总国（千叶县）边界处的偶田川。看到了一种红嘴赤足的白鸟，大家感到很新奇。

男子向船家打听，得知这种鸟叫“都鸟”（红嘴鸥），不禁勾起了男子对家乡京都的思念之情。

名にし負はば　いざ言問はむ　都鳥　我が思ふ人は　ありやなしやと

汉译为：

虚心问船家，方知叫都鸟。
不知心上人，如今可安好。

男子的和歌，又引起了众人的怀乡之情，同行人个个都泪眼婆娑。虽然他们偶尔也享受着与当地女子热恋所带来的快乐和刺激，但最终还是思乡心切，返回了京都。

返京之后，男子被天皇任命为捕捉特使，派往伊势国（三重县）为朝廷捕捉鸟兽。在那里，男子又陷入了一场与斋宫①的恋情之中。

斋宫本是天皇派往伊势神宫代替天皇负责祭祀的皇女，按规定是不能谈恋爱的。但是，在夜深人静的时候，斋宫却只带一名童女，暗访男子住所，并与男子一起度过了一个时辰。

按当时的习俗，第二天早晨，男方应该给女方赠送一首和歌，以表共度良宵后的分别之情，可斋宫对自己昨夜的大胆行动有些不敢相信，于是先给男子写了一首和歌。

---

① 斋宫：以天皇的名义被派遣到伊势神宫的皇女，亦指其居所。天皇一即位就从未婚内亲王或女王中选出斋宫，原则上斋宫要一直侍奉神佛至天皇让位。该制度持续到十四世纪的后醍醐天皇时期。

君や来し　我や行きけむ　おもほえず　夢かうつつか　寝てか覚めてか

汉译为：

不知是君来，还是我曾去。
虚幻与现实，梦醒两不知。

男子对昨晚发生的事情也不敢置信，于是回信道：

かきくらす　心の闇に　まどひにき　夢うつつとは　今宵定めよ

汉译为：

心中怅若失，梦醒不自知。
今宵再相会，共结连理枝。

虽然男子在回信中答应当晚再度幽会，但因为接受了伊势国太守的招待，未能赴斋宫之约，这段恋情也就戛然而止了。

男子虽然喜欢出色的女子，热衷恋爱，具有“好色”的一面，但是与惟乔亲王[1]也结下了深厚的主从友情。在他们二人之间流传着许多“风雅”的传说。

某一天，惟乔亲王一行人去一处名叫渚院的别墅赏花。大家摒弃主从身份，在樱花树前下马折枝，并将花枝插在发鬓上，然后即兴作歌。男子吟诵一首怜惜樱花凋谢的和歌。

世の中に　絶えて桜の　なかりせば　春の心は　のどけからまし

汉译为：

世间若无樱花开，哪有花下赏客来。
只见花雨纷纷落，更让歌人伤心怀。

听了男子的吟诵，旁边有人紧接着附和一首。

散ればこそ　いとど桜は　めでたけれ　憂き世になにか　久しかるべき

汉译为：

樱花乃是花中魁，凋谢更觉樱花美。

---

① 惟乔亲王（844—891），文德天皇的第一皇子，母亲是纪氏静子。因外祖父为藤原良房的第四皇子惟仁亲王的出生惟乔亲王未被立为皇太子，历任太宰帅、弹正尹等职。后隐居比睿山山麓的小野。

世上本来多愁苦，莫若飘落早回归。

到了晚上，大家聚在一起饮酒作乐。席间，惟乔亲王酒醉，想提前退席休息，但男子意犹未尽，想挽留亲王继续和大家一起饮宴，于是他作歌一首，将亲王比作月亮进行赞美。

飽かなくに　まだきも月の　隠るるか　山の端逃げて　入れずもあらなむ

汉译为：

明月未赏够，却欲隐山后。
山脊快躲开，莫让明月走。

后来惟乔亲王由于其没能继承皇位，只好出家隐居了。在某一年的正月，男子来到位于比叡山麓的小野居所拜望惟乔亲王，看到寺院被深深的积雪环绕、亲王孤独寂寞的生活情景甚为感慨，吟诵和歌一首：

忘れては　夢かとぞ思ふ　思ひきや　雪踏み分けて　君を見むとは

汉译为：

恍若在梦中，出家事已忘。
深山踩积雪，切切拜亲王。

男子很想留在身边陪伴亲王，奈何宫中事务需要，不能久留，只好在傍晚恋恋不舍地离开亲王返回京都了。

日子在忙忙碌碌中过着。有一天，男子突然收到了老母亲从家里寄来的一首和歌。

老いぬれば　さらぬ別れの　ありと言へば　いよいよ見まくほしき君かな

汉译为：

如今吾已老，不日作死别。
常常思吾儿，可否回家谒。

因为宫中事务繁忙，男子很难抽出时间回家探望母亲。当他读到母亲以上的这首和歌时，心里非常感动，于是回信道：

世の中に　さらぬ別れの　なくもがな　千代もと祈る　人の子のため

汉译为：

世上痛苦事，莫过生死别。
生而为人子，唯盼母长寿。

但是，谁又能阻挡岁月的风霜呢。很快，男子也迎来了自己的暮年，男子作歌道：

おほかたは　月をもめでじ　これぞこの　積れば人の　老いとなるもの

汉译为：

月无日日美，人无天天好。
月缺月儿圆，不觉吾已老。

随着岁月的流逝，男子也开始意识到自己的死期将近，在一次朋友聚会的宴席上，他吟诵了自己的辞世之歌。

つひに行く　道とはかねて　聞きしかど　昨日今日とは　思はざりしを

译为：

平生早自知，人终将老去。
只是未曾想，离世近指日。

就这样，以恋爱和风雅为人生信条的这位风流男子，终于走完了自己的“好色”人生。

三、《源氏物语》

（一）内容简介

《源氏物语》于1008年左右成书，其作者是紫式部。紫式部，平安时代女作家，平安时代三十六歌仙之一，生卒年月至今未详，本姓藤原，字不详。式部是其在宫廷供职期间的称呼，因其兄曾任式部丞，当时宫中女官多以其父兄之官衔为名，故称藤式部。后来她写成《源氏物语》，书中女主人公紫姬为世人传颂，遂又称其为紫式部。

紫式部出身于一个具有深厚汉学素养的国司①之家，祖父藤原兼辅是一位著名歌人，父亲藤原为时是当世的著名学者。紫式部自幼接受了中国和日本文化的双重熏陶，学识渊博，其汉学知识颇为丰富。在三十岁左右的时候，与藤原宣孝②结婚，二人生有一女。仅过了两年左右，丈夫藤原宣孝去世，紫式部自此开始创作《源氏物语》。三十六岁左右，紫式部出任宫廷女官，侍奉中宫③彰子④，并为彰子讲授《白氏文集》⑤。1008年左右，《源氏物语》问世，并在宫廷中得到了很高的评价。1013年左右，紫式部辞去宫廷女官的职务，四十岁左右离开了人世。除《源氏物语》外，紫式部撰写的《紫式部日记》⑥ 等也具有很高的文学价值。

---

① 国司：在律令体制下，由中央派遣到各地诸侯国掌管政务的地方官。曾设置守、介、掾、目四等官和史生。办公处成为国衙。狭义仅指守。

② 藤原宣孝：平安时期贵族，权中纳言藤原为辅之子。官位正五位下右卫门权佐。

③ 中宫：皇后、皇太后、太皇太后三宫的总称。

④ 彰子：藤原彰子（988—1074），藤原道长长女，一条天皇皇后，朱雀天皇生母。

⑤ 《白氏文集》：白居易诗文集，原有七十五卷，现存七十一卷。日本平安时代广为传播，对日本后来的文学产生了很大影响。

⑥ 《紫式部日记》：二卷，1010年左右成书，内容以中宫彰子分娩为主的生活杂记，由日记部分和尺牍部分构成。表现了作者对精神生活的感受，也包含对同时代女作家的评论等。具有文学和史料的双重价值。

《源氏物语》一直以来被认为是日本文学的巅峰之作，其在世界文学史上也享有盛誉。《源氏物语》通过物语这种虚构的文学形式，讲述了主人公光源氏的一生和其子薰半生的故事。作品采用虚实结合的叙事手法，将华丽的宫廷贵族生活及其背后所隐藏的爱恨情仇、理想与现实以及真实的人性等问题描绘得淋漓尽致。物语中的时间跨越四代天皇、约七十余年，涉及人物达四百九十之多，文章整体构思巧妙，布局严谨，堪称日本古代文学的代表之作。

《源氏物语》由五十四帖构成，按照故事情节的发展顺序，一般可分为三个大的部分。

第一部分从“桐壶”到“藤里叶”，共三十三帖。该部分从主人公光源氏的出生起笔，描写了青壮年时期的光源氏各种各样的恋爱经历以及他从政治失意到位居准太上皇的整个过程，展现了他极尽人间之荣华富贵的青壮年时期。

第二部从“若菜上”到“幻”，共八帖。该部分描写了光源氏的正妻女三宫和柏木将军私通的悲剧、光源氏对自己年轻时与藤壶妃之间的爱情感到苦恼，以及失去他的最爱紫上君的悲痛，直到出家寻求宗教救赎的晚年生活。

第三部从“香宫”到“梦浮桥”，共十三帖。该部分描写了在光源氏死后，其子薰对于自己身世的苦恼，以及他与宇治公主们之间悲伤的恋情故事，尤其是宇治公主们各自不幸的命运，读来令人感叹唏嘘。

《源氏物语》的主题是伴随着故事的展开而不断深入的。第一部分吸收了以前包括《竹取物语》和《伊势物语》等虚构的创作手法，是非现实的；第二部分则描写了超人光源氏向凡人光源氏的转换，从超现实回归现实；第三部分又从现实的幸福转到对来世的憧憬上。《源氏物语》故事情节中这种从理想到现实再到来世的发展脉络，既与作者自身的成长和思想经历密切相关，也反映了当时日本社会渐渐兴起的佛教净土思想。

从创作风格上来讲，《源氏物语》善于借助自然表达人的思想情感，尤其擅长心理描写，物语中的人物没有简单的类型化或脸谱化，而是将人物的性格特征表达得鲜明突出，并由表及里进行深度挖掘。此外，处处可见富有情趣的优美和歌，文章整体语言流畅、细腻，且使用假名文字，是古代“和文体”的代表之作。

同时，《源氏物语》通篇将自然和人事巧妙地融合起来，在细腻的文笔中荡漾着一种“物哀美”① 的情趣。这也是日本平安时代烂熟的贵族文化所体现的一种极致的审美意识，对后世乃至近现代日本文学和日本人的审美也产生了深刻的影响。

（二）故事梗概

不知是哪个朝代，在众多的后宫嫔妃当中，有一位出身不太高贵的更衣②（桐壶更衣）深得桐壶帝③的宠爱，也正因为如此，桐壶更衣遭到了皇后和其他嫔妃的妒忌甚至是欺辱。

可是，桐壶更衣不久就为桐壶帝生了一位皇子。这位皇子刚一出生，就恰似仙童一样，长得光彩熠熠，因此得名为“光”。因为有了皇子“光”，桐壶帝和桐壶更衣的关系更加密切，可这也给桐壶更衣招来了更多的骚扰和麻烦。她的身体也因此每况愈下，在“光”刚满三岁的时候，就去世了。

---

① 物哀美：平安时代的文学理念、审美理念。把体现外界的“物”与体现感情的“哀”统一起来而形成的和谐的情趣世界。由本居宣长提出，《源氏物语》是其最高体现，但其未必是悲伤，而是一种惆怅或感叹。同时，也指因自然、人生和艺术等所触发引起的一种深切的情趣和感伤。

② 更衣：平安时代后宫女官职位之一，地位次于女御。

③ 桐壶帝：《源氏物语》中的人物，光源氏、朱雀帝、八之宫的父亲，也是冷泉帝名义上的父亲。物语开头就已在位，在《花宴卷》和《葵卷》之间让位，在《贤木卷》中驾崩。宠爱桐壶更衣，在她死后，让藤壶女御入宫。

在“光”长到七岁的某一天，一位占卜师说了一句奇怪的预言：

“皇子虽有帝王之相，但如果当了天皇，将会导致国家混乱，可皇子长得确非人臣之相。”

桐壶帝听了这话，就将“光”从皇族身份贬为臣籍，并赐姓源氏。桐壶帝是出于好意的。因为光源氏有一位年长三岁的皇兄（后来的朱雀帝），其母后是弘徽殿女御（后来被封皇后）。桐壶帝担心皇子“光”既没有了母亲，在朝中又没有强有力的后台，日后一旦卷入皇位之争，恐凶多吉少，于是才免除其皇族身份，赐姓贬为臣籍。这实则是对“光”的一种保护。

桐壶帝自失去心爱的桐壶更衣之后，日日陷于悲痛之中。可就在这时候，他的眼前出现了一位和死去的桐壶更衣长相酷似的女子。这名女子是先帝的四公主，名叫藤壶。藤壶妃不仅年轻美貌，而且容貌恰似桐壶更衣再生，因此深得桐壶帝的宠爱。

在皇宫里，人们都把源氏叫“光君”，而把藤壶妃叫“辉宫”，二人一光一辉，美貌并称于世。

所有见过藤壶妃的人都说：

“长得真像源氏的母亲呢!”

因为源氏经常听人们这么说，所以见到藤壶妃就像见到了自己的生母一样，感到格外亲切。渐渐地，他对这位比自己年长五岁的继母产生了一种深深的爱恋之情。

到了十二岁，源氏举行了元服①仪式，开始进入成人之列，这样就不能像小时候一样跟藤壶妃亲密接触了。为此，他心中总感不悦。后来，又迎娶了比自己年长四岁的右大臣之女葵上为妻，藤壶妃与自己的关系

---

① 元服：公家、武家附中男子的成人仪式。到了十二岁，举行更衣、束发、戴冠仪式，废弃乳名，起成人名字。

也就更加疏远了，这让源氏的心情更加郁闷。妻子葵上出身高贵，性情孤傲，也不怎么主动亲近源氏，这就促使源氏更加思慕藤壶妃。在源氏的心目中，藤壶妃就是自己的女神。

在十八岁那年春天，源氏身染瘟疫。为了祈求神佛保佑，他到北山寺庙礼佛。偶然间，遇到一位长相酷似藤壶妃的少女。虽然这位少女只有十岁左右，长得却天生丽质，非常可爱。源氏暗想：这女孩儿长大后，必定是一位绝代佳人。

“我把小雀放进了笼子里，却偏偏被犬君（紫上的丫鬟）放跑了!”

循着娇滴滴的声音看去，是一张花容半开、美眉微蹙、明眸顾盼、天生丽质的脸庞。

源氏从别人那里得知，这名少女正是藤壶妃的侄女紫上。自此之后，源氏就把对藤壶妃的爱恋，全部转嫁到了紫上身上。他收留了紫上，想把紫上培养成一位自己心目中的理想女子，从而取代藤壶妃，让她终生陪伴在自己的身旁。

尽管有了紫上，可是源氏对藤壶妃的爱恋非但没有减弱，反而与日俱增。在某个夜晚，他终于达成心愿，得到了藤壶妃。

自那以后，虽然藤壶妃一直拒绝，但源氏没有死心。藤壶妃后悔与源氏的那个荒唐之夜，下决心不再与源氏相见，可每当源氏出现在眼前的时候，她又禁不住源氏的追求，沉浸于源氏的温柔之乡。有一天，她发现自己怀上了源氏的孩子。

“我好可悲啊!”

藤壶妃暗自叹息，心中一片迷茫。

不久，藤壶妃生下了一名皇子，自己也因此晋升为中宫皇后。而一直被蒙在鼓里的桐壶帝见藤壶妃生了一个和源氏一模一样的皇子，甚是欢喜，就把小皇子立为了东宫太子。

源氏和藤壶妃虽知内情，但只好严守秘密。二人心里都深感罪孽深重，其后也就不再私下幽会了。

源氏一方面对藤壶妃爱而不得，另一方面却又不能斩断情丝。他无法排解这种矛盾心理，于是放任自己，开始了其多姿多彩的恋爱历程。

在某个雨夜，源氏与好友，也是自己大舅哥头中将等人聊起了女性的话题。一位叫左马头的人说：

“比起那些名门望族的女子，生活气息浓厚而又不乏品位的中等家庭的女子更见心性，更有情趣啊！”

源氏默默记住了左马头的话。其后不久，他因为避讳出行方位，来到了纪伊太守的府邸。

“这就是所谓中等家族的府邸吧。”

源氏暗自思忖着，想在府里一探究竟。当天夜里，源氏难以入眠。他乘人不备，悄悄潜入了纪伊太守妻子空蝉的寝室，与空蝉建立了情人关系。其后，源氏对空蝉念念不忘，他想尽各种方法，想再次与空蝉约会，但空蝉严词拒绝。空蝉虽然一度委身于源氏，但事后感到羞耻，决定再也不与源氏来往了，可坠入爱河的源氏已经难以自拔。

有一天，源氏到五条附近看望生病的乳母，在一个简陋的门厅前偶然看到了楚楚动人的夕颜。

这位夕颜曾经是头中将的情人。源氏与夕颜互送和歌，渐生情愫。源氏被这位敢于与素不相识的自己相爱且落落大方的夕颜深深吸引住了。

“我们去一个可以放松的地方吧！”

源氏带着夕颜去了某个僻静的院落，成就了男女之欢。

事后夕颜却忧伤地说：

“我很害怕，觉得自己会像影子一样消失掉的。”

果然，一语成谶。在某一天半夜的时候，夕颜的住处出现了一个女妖。第二天，人们发现夕颜已经气绝身亡，尸体冷冰冰地躺在了那里。

源氏不能忘怀夕颜，他想找一名像夕颜一样的温柔女子，于是将情书送到了一位叫末摘花的女子手里。末摘花是已故常陆宫的公主，传闻是一位抚琴的名家。但是，隔了一段时间，末摘花却没有回信。这一天，源氏费尽周折，终于来到末摘花的住所，并实现了自己的愿望。但是，等第二天天亮之后，他发现末摘花的鼻子长得像大象鼻子一样长，且鼻头发红，甚是丑陋。源氏的美梦就此破灭了。

此外，源氏还有一位叫作六条御息所的年长情人。六条御息所是东宫皇太子妃，美丽贤惠，与皇太子生有一位公主。一开始，御息所并不接受源氏的求爱，而源氏却苦苦相恋，强行求欢。当两个人确立关系后，源氏又很快冷落了她。虽然源氏薄情寡义，但御息所品质高雅，宽宏大度，并没有责怪源氏。可是，她把这种压抑的怨气逐渐转嫁到了源氏所爱的其他女子身上。

一件偶然的事情点燃了御息所怨恨的火焰。当时，每年都有一个大型祭祀活动，在斋院举行隆重的祭祀仪式，这时候贵族们纷纷乘车前去观看。恰巧，在去观看祭祀仪式的路上，御息所的牛车与源氏正妻葵上的牛车发生了冲撞，当时葵上已经身怀有孕。由于葵上的随从对御息所出言不逊，让御息所感到了屈辱。自此之后，附在御息所身上的怨灵被激活，其后逐一附体在源氏的情人们身上，夕颜的死就是这怨灵所致。

现在，怨灵又开始附体在葵上身上，葵上经受不住痛苦折磨，在生下一名男子（夕雾）后就撒手人寰了。

御息所得知自己的怨恨之心化作怨灵从自己的身体中游离出来，并不断诅咒源氏的情人们后，下决心离开了源氏。她利用自己的女儿被选作伊势神宫新斋宫的机会，随女儿去了伊势，和源氏彻底断绝了关系。

当年十月，桐壶帝驾崩了。

桐壶帝在临终前给继承皇位的朱雀帝留下了遗言，要他任命源氏为顾命大臣，辅佐东宫（后来的冷泉帝）。但是，自桐壶帝驾崩后，与源氏关系不睦的右大臣一派以及以右大臣为后盾的弘徽殿皇太后开始在朝中独断专横。

源氏想趁桐壶帝驾崩之机，再次接近藤壶妃，但藤壶妃担心与源氏的关系一旦暴露，自己的儿子（东宫、后来的冷泉帝）就无法继承皇位了。她想和源氏做个了断，于是提前出家为尼了。与此同时，受排挤的左大臣也被迫辞职，朝廷中对源氏的包围圈越收越紧了。

第二年，源氏与自己的政敌右大臣之女朦胧月的幽会被右大臣发现了。这个朦胧月是源氏在宫中走路时偶然遇到的，当时他正在想念着藤壶妃，没想到巧遇朦胧月。两个人一见钟情，并开始来往。朦胧月又是弘徽殿太后的妹妹，也深受源氏兄长即朱雀帝的宠爱。

对源氏和朦胧月的幽会，弘徽殿太后非常震怒。她从政治利益出发，计划以此为由，将源氏逐出政界。于是他们散布谣言，说源氏想扳倒朱雀帝，好让自己辅佐的冷泉即位天皇。迫于谣言的压力，源氏无奈之下，只好被迫离开京城，谪居须磨。

在须磨孤独失意的日子里，向源氏伸出援手的是明石入道。

在某个暴风雨之夜的黎明时分，源氏做了一个奇怪的梦，他梦见桐壶帝要他离开须磨。

就在第二天清晨，恰好明石入道的船就驶过来了。据明石入道说，他也做了一个梦，梦见桐壶帝命令他："去须磨，迎接源氏到明石来!"

按照梦的指引，源氏来到明石。明石入道目的是想结交京城权贵，把自己的女儿明石君嫁入豪门。源氏听说后，正合自己的心意，于是他听从明石入道的安排，和明石君结为了夫妻。

在源氏贬谪须磨、明石的两年半时间里，朝廷的情况也发生了很大变化，朱雀帝得了眼疾，弘徽殿太后卧病不起，右大臣也死了，等等。一连串的灾祸接踵而至，朱雀帝不顾母亲弘徽殿太后的反对，强行将源氏召回京城。而此时，明石君已经怀上了源氏的孩子。

在东宫元服之际，朱雀帝选择了退位，皇位由冷泉帝（实际上是源氏和藤壶妃之子）来继承。与此同时，源氏被晋升为内大臣，原来被迫辞职的左大臣则晋升为太政大臣。

源氏对以前陷害自己的所有政敌开始施加报复，并起用亲信，他的人生之路再次走向辉煌。

伴随着改朝换代，六条御息所也和担任斋宫的女儿一起从伊势返回了京城，但不久就撒手人寰了。在临死之际，御息所将女儿托付给源氏，要求源氏照顾好自己的女儿，并不得将女儿作为恋爱对象。对此，源氏答应并将御息所的女儿送给冷泉帝做了皇妃。

应源氏的要求，明石君也带着在明石出生的女儿来到了京城。当她看到极尽荣华富贵的源氏，又考虑到自己的低微身世，于是就悄悄隐居在了父亲为自己事先准备好的一所别墅里了。

源氏想让自己与明石君生的女儿明石姬成为未来的皇后，可又担心因为明石君的身份低微而受到影响，于是就将明石姬过继给身份高贵的紫上为养女，由紫上负责对其培养教育。这样，明石君不得不忍痛割爱，与自己年仅三岁的女儿骨肉分离。

天灾人祸不断，太政大臣和藤壶妃相继死去了。冷泉帝也从一位僧人那里听说了自己身世的秘密，心中烦恼，想将皇位让给源氏，但源氏却说自己“不可违背先帝的遗愿，就不可及之位”，坚决请辞了。

这时候，源氏的生活和仕途都达到巅峰，极尽人间之荣华富贵。他重新修建了从六条御息所那里继承的旧府邸，建成了六条宫院，然后将以前的所有情人都安置到里边居住。

源氏与葵上所生之子夕雾也元服成人了，他进入大学寮，成了一名文章生。还有明石姬也如愿以偿，嫁给了东宫皇太子，成了太子妃。

此时的源氏，已经成为与太上皇地位相等的准太上皇。他已不再是当年的美貌公子，而是君临天下，位于政治权力中枢的大政治家了。

源氏四十岁了。

此时的朱雀帝也开始考虑出家，但他放心不下爱女女三宫，有意将其许配给源氏，于是就向源氏表达了自己的心愿。而源氏自葵上死后，就没有了正妻，且女三宫又是自己心爱的藤壶妃的侄女，于是心有所动，就答应了。

听说源氏要娶女三宫为正妻，受到最大打击的莫过于紫上，因为她在这之前已经相当于准正妻了。想起自己的无依无靠，又想起自己对源氏的爱，还想起了当年源氏被贬到须磨时与自己告别的场景，不禁哀叹道：

“我当时曾想，无论殿下去多么远的地方，只要平安就好了。如果两个人当时要是一起死掉，也就不会有这么多的烦恼了。”

况且，女三宫当时只有十四岁，因为过于年幼，源氏也很难与她进行沟通。源氏对长年生活在一起的紫上的爱更加强烈了。而与年龄差距如此之大的女三宫的结合，给极尽荣华富贵的源氏晚年投下了巨大的阴影。

紫上由于思虑过度，病倒了。源氏全心全意地守护在她的身旁。就在源氏一心照看紫上的时候，一直爱恋着女三宫的头中将的长男柏木强行与女三宫私通，并导致女三宫怀孕。源氏得知此事后非常愤怒，但想起当年自己与藤壶妃私通的秘密，觉得这或许也是一种因果报应吧。

柏木害怕源氏惩罚自己，很快就病倒了。在庆祝朱雀太上皇五十岁生日的舞会预演中，柏木带病出席。源氏轻蔑地看了柏木一眼，用讥讽的口气说：

“柏木你不要对着我笑！岁月是任何人无法抗拒的。别看你现在可以笑，但终归摆脱不了年老!”

受到当时最高权力者这样的蔑视和讥讽，柏木的病情更加严重了。在女三宫生出一名男孩（薰）后不久，柏木就离开了人世。女三宫也出家了。

紫上自患病之后，身体每况愈下。一天，她对源氏说：

“我想出家!”

对此，源氏坚决不同意，因为他不想失去心爱的紫上。

“那么，至少让我消除一些罪孽吧!”

紫上这样想着，供养了一千册法华经。她知道自己的时日不多了，与六条院源氏的所有妻子互赠和歌，然后就像露珠一样，香消玉损了。

紫上的死令源氏悲痛欲绝。自此之后，他很少与人会面，把自己关在六条院里，每日追思紫上，以度光阴，同时也加紧了自己出家的准备。

尽管如此，源氏风采依旧。在冬天的佛名大会上，人们看到的源氏依旧神采奕奕，引人注目。

源氏死后，已经过了八年。

在坊间流传着“薰中将，香兵部卿”的童谣，即源氏和女三宫之子薰（实为柏木和女三宫之子）与当时的三皇子香宫是世间并称的两位美男子。

薰通过柏木的遗书，知道了自己身世的秘密，产生了厌世情绪，开始亲近佛教。他仰慕被称为“俗圣”、隐居在宇治的桐壶院八宫，其后访问了宇治。

八宫有大君和中君两个女儿，薰虽然喜欢大君，但大君却不同意。

大君不想与薰有儿女之欢，只希望两人之间保持友情。同时大君劝薰去找自己的妹妹中君。但是，薰却让中君与香宫结婚，希望以此来促使大君回心转意。大君却怎么也不答应。她对中君与香宫的结婚感到意外和遗憾，最后忧愤交加，含恨而亡。

看到薰如此悲伤，于是中君把和大君长相酷似的同父异母妹浮舟介绍给了薰。薰为浮舟所吸引，并表明了爱意，两人建立了情人关系。但浮舟同时与执着追求她的香宫也保持着情人关系。

浮舟身不由己，被夹在薰和香宫二人之间，左右为难。她心中的烦闷无法排解，最后打算在宇治川投水自杀，所幸被横川僧都一行人救起，之后就住在了僧都的母尼和妹尼所居住的小野山中。最终，经历了男女爱情煎熬的浮舟放弃一切，出家了。

知道浮舟还活着，薰急忙赶到了横川，但浮舟拒绝了包括薰在内的俗世的一切，每日读经抄经。

薰依然难忘浮舟，虚度着光阴。

四、《大镜》

（一）内容简介

如前文概论中所述，《大镜》是历史物语作品中“四镜”的第一部，也是文学水平最高的一部。在此我们就《大镜》进行简要介绍，并赏读其内容。

《大镜》成书年代大约在1025年之后的五十年间，作者一说是藤原能信①，也有人认为是由源氏或藤原氏家族中的贵族几个人共同完成的。

---

① 藤原能信（995—1065），平安时代中期公卿，摄政大臣藤原道长四子。

故事描写的是平安时代的摄关政治[①]时期，藤原道长的三个女儿分别占据了太皇太后、皇太后和皇后三个位置，而第四个女儿又怀上了皇孙即东宫皇太子的儿子，这样，藤原道长一家作为外戚独揽朝政，达到了权力的鼎盛时期。故事以京都紫野的云林院菩提法事为舞台，设定了大宅世继这个一百五十岁的老翁讲述故事，同时有一百四十岁的夏山繁树和青年武士参与对话的形式。故事的时间跨度长达一百七十六年，按照文德天皇到后一条天皇、藤原冬嗣到藤原道长这样两条故事发展脉络，分别述说了天皇和藤原家族的血缘传承，描述了藤原道长当权的辉煌时期。《大镜》采用的是中国史书的纪传体方法，由《帝纪》《大臣列传》《藤氏物语》和《昔物语》构成，是认识和了解日本平安时代和摄关政治时期历史的最好书籍。

（二）故事梗概

1. 云林院菩提法事

在云林院举行的菩提法事上，来了两位老翁和一位老妪。两位老翁分别是大宅世继和夏山繁树，老妪是夏山繁树的妻子。大宅世继和夏山繁树为再次相会而感到高兴，双方都很乐意分享这些年来的所见所闻。大宅世继说：

“在讲师出场之前，我先讲些故事，说说过去。”

夏山繁树很赞成大宅世继的想法，于是开始讲述故事。在听众当中，有一名年轻的武士尤为热心。大宅世继说：

“说实话，道长（藤原道长）的荣华是多么的辉煌啊。如果说起他的辉煌，话可就多了，会涉及许多的帝（天皇）、后（皇后）、大臣和公卿。

---

① 摄关政治：平安中期，藤原家族担任摄政、关白两大官职，掌握政权的政治形态。866 年藤原良房任摄政；887 年藤原良基任关白，曾两度中断；967 年藤原实赖任关白而确立。1086 年因院政开始而衰退。

在这些人当中，道长才是最大的幸运儿，我们讲述了道长的事，世上的事也就明了了。”

2. 花山天皇退位

花山天皇①是冷泉天皇②和藤原伊尹③的女儿所生的皇子，在花山天皇即位的时候，其外祖父藤原伊尹已不在人世。当时东宫皇太子即后来的一条天皇的母亲是藤原兼家④的女儿。因为藤原兼家是藤原伊尹的胞弟，所以他既是花山天皇的舅爷，又是一条天皇的岳父，藤原兼家希望自己的外孙继任天皇，那样他自己就是天皇的外祖父了。因为当时花山天皇的爱妃去世，正处于悲伤厌世的情绪之中，于是藤原兼家就借机派遣自己的次子藤原道兼⑤去劝说花山天皇出家。

某一天，年仅十九岁的花山天皇竟然谁也没有通知，就突然出家了。当晚，明月高悬，花山天皇抬头望着月亮，心中又出现了一丝犹豫。他想乘人不备，悄悄返回清凉殿，可就在这时，被突然出现的藤原道兼拦住了。

实际上，作为皇位象征的玉玺和宝剑已经被藤原道兼交到了东宫太子手上，如果此时花山天皇取消出家的念头，事情就会变得非常麻烦。不一会儿，月亮隐没了，花山天皇还是想回到清凉殿，取回寄给死去爱妃的书信，但藤原道兼却哄骗他道：

“如果错过今日，恐生出诸多不便，何时再能出家就难说了。”

藤原道兼稍微顿了一下，接着又说：

---

① 花山天皇（968—1008），日本第六十五代天皇。

② 冷泉天皇（950—1011），日本第六十三代天皇。

③ 藤原伊尹（924—972），平原中期的朝臣、歌人。被称为一条摄政。参加编撰《后撰和歌集》，有私家集《一条摄政御集》。

④ 藤原兼家（929—990），平安中期朝臣，官职摄政、关白、大政大臣。

⑤ 藤原道兼（961—995），平安中期公卿，藤原兼家次子。

“我会陪伴陛下一起出家的！”

道兼虽然这样说了，却没有履行诺言，他见花山天皇已经剃度，就又对天皇说：

“我想最后再让父母看一眼我俗世的样子，然后就回来。”

说完，他就走了。

“我被骗了！”

花山天皇嘴里这样说着，流出了眼泪。

藤原兼家也担心道兼万一出家会大事不妙，于是就派一名亲信武士暗中监视。这时候，有一位能人异士通过天象的变化推测出了天皇退位的征兆。此人就是著名的阴阳师安部晴明。花山天皇在路过安部晴明府邸门前的时候，听到里面传出了安部晴明的声音：

“观天象天皇退位，此乃天数，我要进宫面圣，赶快准备车辆！”听闻此言，天皇感到天意难违，唯有叹息。

3. 道真左迁

醍醐天皇在位期间，左大臣藤原时平①与右大臣菅原道真②同朝为臣，执掌朝政。时平二十八九岁，道真五十七八岁。相对于才华横溢的道真，时平才疏学浅，因此道真得到了天皇的器重。但是，由于道真非藤原氏一族，受到排挤。在时平的诬陷和挑唆下，道真被左迁至九州担任太宰权帅③。在九州赴任途中，道真向宇多上皇吟诵和歌，表明了自己想留在朝廷的心愿。

---

① 藤原时平（871—909），平安初期的朝臣。关白基经长子。发布第一道《庄园整顿令》。参与策划编撰《三代实录》《延喜式》。

② 菅原道真（845—903），平安前期的学者、政治家。受宇多、醍醐两代天皇重用，官至右大臣。901年被藤原时平诬告，贬为太宰权帅，第三年殁于发配地。死后被尊为日本学问之神“天满天神”。编有《类聚国史》，参编《三代实录》，著有诗文集《菅家文集》《菅家文草》《菅家后集》。

③ 太宰权帅：正式官职之外临时任命的官职。

吾身如浮萍，随波漂流去。
请王作木栅，留我在京师。

道真到了九州，仍在期盼有一天能够平冤昭雪，返回京城，但始终没有得到朝廷的回音。两年后，他在太宰府郁郁而终。在道真死后的当夜，其冤魂飞回京都，落在了现在的北野天满宫。其后经常光顾皇宫，带来火灾。圆融天皇重修皇宫时，在工匠精心制作的房顶木板上，竟然出现了由虫子蚀咬痕迹而形成的一首和歌，其大意是：

道真冤魂到，修了还要烧。
要想得平安，除非怨气消。

4. 年轻时的道长

某一天，父亲藤原兼家在三个儿子面前叹息道：

“藤原公任①事事都做得漂亮，他为什么那么优秀呢？我的儿子们连他的影子都踩不到，真是无奈啊！”

听了这话，藤原道隆和道兼感到很羞愧，但藤原道长②却和两位兄长不同，他扬言道：

“踩不到他的影子，就踩他的脸！”

如其所言，道长很快就超越了公任。后来，公任的女儿嫁给了道长

① 藤原公任（966—1041），平安中期歌人、歌学者。通称四条大纳言。精通掌故，多才多艺。是《和汉朗咏集》《拾遗抄》的编撰者，著有《新撰髓脑》《北山抄》《前大纳言公任卿集》等。

② 藤原道长（966—1027），平安时代公卿、权臣藤原兼家第五子。三个女儿均被立为皇后，成为三代天皇的外戚。他官至摄政，独揽大权，使藤原家族达到全盛时期。

的儿子教通，而公任在女婿面前总也抬不起头来。像道长这样杰出的人物年轻有为，还得到了神佛的保佑。

在梅雨期即将结束的某个傍晚，下着大雨，花山天皇在清凉殿和公卿们闲话聊天，讲了一个恐怖的故事。天皇对大家说：

“今晚很可怕，就连大家在一起都感到恐怖，更何况去远处没人的地方呢？那种地方谁敢一个人去啊！”

听了天皇的话，大家都随声附和道：

“谁也不敢去啊！”

可就在这时候，道长却大声道：

“我哪里都敢去！”

天皇闻言大喜，于是命令道：

“那么，道隆去丰乐殿，道兼去仁寿殿的储藏室，道长去太极殿。”三人在其他公卿幸灾乐祸的目光中走出去了。

道隆一边强忍着恐惧一边往外走，在半路上听到了一种奇怪的声音，赶忙逃了回来。道兼一边身子颤抖着一边往外走，或许是看到自己的影子就像一个如同房子一样高大的人站在那里，也被吓得急忙跑了回来。过了一会儿，道长若无其事地回来了。他用眼角轻蔑地看了一眼两位兄长，然后将自己去大极殿的证据——天皇宝座上的一块木片拿了出来。第二天早晨，天皇发现那块木片果然和自己宝座上的痕迹一致。

5. 道长和伊周①

道长最后的政敌就是自己的长兄道隆之子伊周。伊周是个公子哥，自小被父亲宠爱，年纪轻轻官位就超越了叔父道长。再加上妹妹定子又成了当今皇后，伊周也深得天皇器重。

---

① 伊周（974—1010），平安中期的公卿。摄政、关白、内大臣藤原道隆的嫡子。败于与藤原道长的政治斗争中。

早在道隆生前，伊周和道长有一次比赛射箭，看谁命中得多，结果道长胜出，比伊周多射中两支。但道隆却不甘心失败，他和在场的人都要求延长比赛，道长只好答应，而且同意自己先射。当时道长祈祷说：

“如果我的子孙能够当上天皇或皇后的话，就让我一箭射中吧。”

果然，道长的箭正中靶心。而伊周害怕失败，很是紧张，第一箭射偏了很多。道长在射第二支之前又说：

“如果自己要是能当上摄政关白，就让这支箭射中吧。”

果然，这支箭又正中靶心。这让道隆大为恼火。正如射箭比赛结果所预示的一样，道长后来果然晋升为摄政，他的女儿也成为皇后，外孙则当上了天皇。

在这里我们不能不提的是在摄关政治中女人的力量。道长要掌握政权，最终还是要得到天皇同意的。一条天皇偏袒伊周，但是一条天皇的母亲诠子即道长的姐姐却偏袒道长。她来到一条天皇的住所哭诉，一条天皇拗不过母亲，只好不情愿地宣布道长担任摄政之职。诠子向道长报告好消息的时候，眼含激动的热泪，脸上露出了欣慰的笑容。自此也就开启了道长执掌大权之门。

五、《平家物语》

（一）内容简介

《平家物语》共十二卷，其最早版本大约成于十三世纪中叶，但关于作者以及成书的详细资料至今未详，一般认为是经过多人之手不断增补完善，最后由一位名叫琵琶法师[①]的盲人说书艺人，通过对其说唱的平曲[②]不断进行修改和增补，才形成了现在的形式。《源平盛衰记》[③] 等也是在这个过程中产生的一些异本。

《平家物语》是日本战争物语（军记物语）的代表作。它描写了平安时代末期平氏家族由盛到衰的历史过程，整个时间跨度约七十余年，其中关于战争场面的描写极具特色。书中对人物命运，比如人生的相遇和离别、生与死等场面的描写极具感染力，尤其是对祇王[④]和建礼门院[⑤]等女性人物凄凉悲惨的形象刻画得非常动人，还有对以平氏和源氏两大武士集团中武将人物形象的描写丰富多彩、个性鲜明，读来栩栩如生。《平家物语》从表面看是在彰显佛教的无常观，但故事的背后和深处所隐藏的却是对人性真实的深刻揭示，这也是其作为名著为人喜爱的理由之一。

在创作风格上，《平家物语》采用了汉语、和语、俗语和佛教用语等多种语言形式混用的方法，是典型的汉和混交文；文章根据场景的不同，文体也相应变化，对仗和七五调等修辞技巧的运用大大增加了语言的紧张感、雄壮感和苍凉感，这也是《平家物语》作为“平曲”说唱艺术的一个重要特征。

《平家物语》无论从语言、故事内容还是体裁等方面，对后世日本的

---

① 琵琶法师：装扮成盲人，以弹唱琵琶为职业的僧人。日本中世以后，分为表演诵读经文的僧人和专门演奏平曲的僧人两大派，在这里主要指后者。

② 平曲：说唱艺术的一种，在琵琶伴奏下，按曲调吟唱《平家物语》的曲艺。据说始于镰仓初期，由盲人生佛将声明和以前音曲的曲调集中起来说唱。南北朝时期，由一方流的明石检校觉一完成。

③ 《源平盛衰记》：战争物语，四十八卷，作者未详，镰仓后期完成。《平家物语》版本之一。

④ 祇王：京都堀川的白拍子舞妓。受平清盛宠爱，但后来被她推荐的白拍子舞妓夺宠，同母亲、妹妹一道隐居嵯峨的往生院为尼。

⑤ 建礼门院（1155—1213），高仓天皇的皇后，安德天皇的母亲，平清盛的次女。名德子。1185 年在坛浦之战中与安德天皇一起投水自杀，后获救，出家于京都大原寂光院。

战争物语、小说乃至戏曲等都产生了很大影响。

（二）．故事梗概

在鸟羽太上皇[①]的时代，桓武天皇（737—806，第五十代天皇）的后裔、平忠盛当上了他垂涎已久的殿上人[②]。虽然周围反对的声音很强烈，但平忠盛老谋深算，逐渐取得了太上皇的信任，并把他的官位传承给了其子平清盛。平清盛在保元、平治两次叛乱中，屡立战功，很快官至太政大臣，掌控了朝中大权。一人得道，鸡犬升天，自此以后，平氏家族进入了一个繁荣昌盛的时代。

永万元年（1165 年）七月，与父亲后白河太上皇[③]关系不睦的二条天皇（1143—1165）驾崩，因其发丧问题出现意见争执，引发了延历寺的僧众打砸清水寺事件。世间谣传后白河上皇要打倒平家，因而引起了社会不安。

很快，皇位经过六条天皇又传至高仓天皇。高仓天皇的母亲建春门院平滋子是平清盛之妻时子的妹妹。其后，平清盛又将自己的女儿德子嫁给高仓天皇做女御（贵妃），自此也就奠定了平家繁荣的基础。在此期间，平清盛又挑起打压摄政大臣藤原基房的事端，这也成为平家专权的开端。

在东山的鹿谷山庄，藤原成亲、僧人俊宽和西光等后白河太上皇的近臣，正在密谋打倒平家的计划。据说当时后白河太上皇本人也在场。治承元年（1177 年）四月，为了向朝廷请愿，比叡山延历寺的僧众抬着

---

① 鸟羽太上皇（1103—1156），平安时代末期第七十四代天皇（1107—1123 年在位）。名宗仁。堀河天皇第一皇子。从 1129 年开始在崇德、近卫、后白河三代天皇期间实行二十七年院政，与崇德太上皇对立，拥立后白河天皇，导致保元之乱。

② 殿上人：被准许上清凉殿内殿上间的人。四位、五位中的特许人员及六位中的藏人。

③ 后白河太上皇（1127—1192），第七十七代天皇。在位时与崇德上皇对立，发生保元之乱。让位二条天皇后，持续五代院政。1169 年出家，成为法皇。撰有《梁尘秘抄》。

神轿，闯入京都，并与宫廷侍卫发生冲突，导致神轿中箭。此事件之后，京都发生火灾，大火烧至皇宫。人们传言这是天罚。

后白河太上皇将此次事件的主谋天台座主明云判处流刑，但是比叡山的僧众不服判决，在押解途中将明云座主抢回。由于源行纲的告密，打倒平家的计划失败，西光被处以斩刑。因为藤原成亲是平重盛的义父，在平重盛的求情之下，藤原成亲被免去死罪，流放到了备前国（冈山县东南部），但最后还是没有逃脱被杀害的命运。

此外，藤原成亲之子成经、平康赖和俊宽三人均被流放到了鬼界岛。

在鬼界岛，成经和平康赖向熊野权现（佛教中的本地神，熊野大神）祈求返回京城。某一天，平康赖乘着一块墓前佛教供奉用的木板漂流到了严岛，此消息传到京城，舆论哗然。

治承三年（1179 年），高仓天皇的皇后德子怀孕。平清盛祈愿皇子诞生，进行天下大赦。但是，只有俊宽一人没有得到赦免，仍然被软禁在鬼界岛。当年十一月，德子顺利产下一位皇子（后来的安德天皇），平清盛大喜。

第二年，见成经和平康赖返回了京城，有王思念主人俊宽，去鬼界岛寻找俊宽。俊宽见到有王之后，一吐胸臆，然后绝食而亡。他的死给平家的未来投下了巨大的阴影。

这年五月，天上刮起了龙卷风，世态混乱。平重盛去熊野参拜。他祈祷说："如果平家的荣华仅限于一代的话，那么就请早点结束我的生命吧。"果然，一回到京城，平重盛就病死了。平重盛可称得上是一位贤人良臣，他死后，平家就没有人能够制约平清盛了。

由于不满后白河太上皇的行为，平清盛发动政变，打压异己。十一月，他将关白以下的四十三位公卿、殿上人的官职罢免，并将其中的一些人处以流刑，后白河太上皇也被幽禁在了城南的离宫鸟羽殿。

治承四年（1180 年）二月，由于安德天皇继承皇位，被迫让位的高仓天皇想到被软禁的父皇，认为还是应该对大权在握的平家采取怀柔之策，于是远赴严岛，参拜了平家的神社。

恰在此时，后白河太上皇的第二皇子高仓宫以仁王①听从源三位入道赖政的劝说，决定起兵讨伐平家。四月末，以仁王的讨平密令被传达到了全国各地的源氏族人手中，但是这一消息被熊野的地方官堪增偷听并报告给了平家。五月，后白河太上皇刚刚被解除幽禁的时候，堪增的报告就到达了居住在六波罗的平家手里。平家立即派人去逮捕以仁王。那天正值阴历十五月圆之夜，以仁王听到赖政派人来报信，不禁大吃一惊，慌忙男扮女装，出了王府，向三井寺方向逃去。只有长谷部信连一人留在王宫，迎战来敌。

第二天，赖政等人来到三井寺会和。他们向比叡山的僧众求救，但对方没有回音。有人提议夜袭平家据点六波罗，但直到天亮，大家仍然议而不决。以仁王和赖政等人只好一起南下兴福寺，决定在宇治平等院迎战平家军。

在拆掉木板的宇治桥上，武僧门英勇杀敌，战斗场面惊心动魄。但是，在平家军方面，足利忠纲巧渡宇治川，渡河而来的平家军源源不断。在平家军的猛烈进攻下，赖政等人全部战死。以仁王继续向南逃跑，但最终还是中箭而死。其后，参与叛乱的相关人员全部受到处罚，其中谋反人员的据点三井寺被烧成了灰烬。

当年六月，都城被迁至福原，后白河太上皇再次被幽禁。人们慌慌张张迁往新都，平安京逐渐变成了废都。

这时候，据说一名源中纳言雅赖手下的武士做了一个怪梦。他梦见

① 以仁王（1151—1180），后白河天皇第二皇子。

诸神开会，没收了天皇赐予平清盛的节刀（象征着征夷大将权力的军刀），并决定将此节刀赐予源赖朝。此话在世间传扬开来，似乎预示着平家的末日快到了。

到了九月，有快马来报，说自去年八月开始，源赖朝已经在东国地区起兵造反了。

源赖朝本是流放之身，劝其起兵造反的是一名叫文觉①的人。文觉是一位苦行僧，为了重修神护寺而进行布教活动，其行为招致太上皇的不满，因而被流放到了伊豆地区。在伊豆，他遇见了源赖朝，文觉力劝源赖朝起兵造反，甚至不惜搬出源赖朝父亲源义朝的尸骨。他悄悄潜入都城福原，向被幽禁中的后白河太上皇讨得征讨平家的法旨。

以平维盛②为大将军的讨源大军从京城出发了。十一月，源赖朝率领的二十万源氏骑兵也进军到富士川。双方摆开了决战架势。在源家军的宣传攻势下，平家军对东国武士已有很大惧意。在决战的前一天晚上，平家军有人听到附近水鸟振翅飞翔的声音，以为是源家军杀到，于是闻风丧胆，向着京城方向逃跑了。

同年十二月，都城突然又被迁回平安京。平清盛对奈良的宗教势力提高了警惕，他命令平维盛率军攻打奈良的寺庙，将寺院和大佛尽皆烧毁，惨不忍睹。

养和元年（1181 年），看到混乱加剧，高仓太上皇忧心忡忡，一命呜呼了。也有人说是因为平清盛离间了太上皇与其爱妃的关系，因而抱病身亡的。

---

① 文觉：平安末期镰仓初期的真言宗僧人，俗名远藤盛远。曾是北面武士，因误杀源渡之妻而出家，后被流放到伊豆地区，劝源赖朝起兵造反。源赖朝死后，先后被流放到佐渡、对马岛等地，生卒年不详。

② 平维盛（1158—1184?），平安末期的武将，亦称小松中将、樱梅少将。

与此同时，在北方，源义仲（木曾义仲，1154—1184）也起兵造反了。此外，全国各地，反平举兵的报告像雪片一样飞来。在这种情况下，平清盛病倒了，他留下一定要取源赖朝首级的遗言，然后郁郁而终。人们传说这是烧毁奈良的罪恶报应。

平清盛死后，后白河上皇的幽禁解除了。各地起义不断，天皇的旨意和太上皇的法旨都被认为是平家的命令，没有人相信和听从了。

源义仲加快了向京城进军的速度。寿永二年（1183 年），平家又集结了十万余骑的征讨大军，以平维盛为大将军向北陆道进军，在越前国的燧城取得胜利。在接下来的砺浪山战役中，源义仲运用计谋，将平家军赶入俱梨伽罗谷，使其损失七万余骑。源义仲的军队乘胜追击，在筱原之战中，又给予了平家军很大的打击。为了隐瞒真实年龄，将白发染黑英勇奋战的平家军将领斋藤实盛①战死的场面，就是发生在这场战斗中。

源义仲的军队终于攻占京城。平家本想挟持后白河太上皇一起逃离京城，但后白河太上皇事先察觉，逃向了比叡山。七月二十五日，平家一族只好挟持着年仅六岁的安德天皇逃离了京城。离别京城的情景，可谓悲惨凄凉。平维盛与妻子洒泪分别，平忠度（平清盛之弟）向藤原俊成②表达了自己对和歌的不舍，经正（平清盛外甥）将琵琶珍品“青山琵琶”返还给了仁和寺。这其中，只有平赖盛（平清盛的同父异母弟）想凭借自平治之乱以来与源赖朝的关系留在京城。平家人回望着京城上空升腾的浓烟，在石清水八幡宫前祈祷能够有朝一日返回京城。

---

① 齐藤实盛：平安末期武将。越前人。平维盛到北陆攻打源义仲时，他在筱原会战中，将须发染黑英勇奋战而死。

② 藤原俊成（1114—1204），平安末期、镰仓初期的歌人、和歌学者。藤原道长玄孙，藤原定家之父。初名显广，法号释阿。奉后白太上皇之命，编撰《千载和歌集》，倡导幽玄和歌理念，著有歌论《古来风体抄》、个人歌集《长秋咏藻》等。

平家离京后，后鸟羽天皇[①]即位，源义仲被封为“朝日将军”。

与此同时，平家一族不断受到了地方势力的反抗，他们一边思念京城，一边在宇佐八幡宫和太宰府（今九州地区）等地辗转流离。在这种颠沛流离之中，平清盛之孙平清经，见前途无望，万念俱灰，投海自尽了。

其后，平家一族又流落到了赞岐国（四国地区香川县）的八岛地区。

源赖朝在镰仓接受了后白河太上皇的法旨，当上了征夷大将军。在京城的源义仲不顾京城的流俗礼仪，恣意乱为，招致了京城贵族和平民的不满。在此期间，平家在八岛地区得以苟延残喘，逐渐恢复了一些元气。

十一月，由于后白河太上皇对源义仲的粗暴行为不满，于是决议讨伐源义仲，后白河太上皇居住的法住寺殿又变成了战场。源义仲在战斗中取得了压倒性胜利，他剥夺了包括公卿、殿上人在内的四十九人的官职，其嚣张跋扈的行为甚至超越了以前的平家。源赖朝得到这个消息，立即组织军队讨伐源义仲。源义仲为了对付源赖朝，又和平家议和，结成同盟，但遭到失败。最后事态的发展形成了西部的平家、东部的源赖朝和京城的源义仲三足鼎立的局面。

寿永三年（1184 年）一月，源义仲得知源范赖与其弟源义经[②]的军队有联系，于是整顿了防御体系。但是，源义经的部队攻破宇治川的敌

---

① 后鸟羽天皇：(后来的后鸟羽太上皇)，名尊成，高仓天皇的皇子。让位于土御门天皇后，历时三代实行院政，试图推翻镰仓幕府，但遭到失败。被流放到隐歧岛，后死于此地。多才多艺，尤其擅长和歌，设置和歌所，撰《古今和歌集》、歌论集《后鸟羽院口传》、日记《后鸟羽院宸记》等。

② 源义经（1159—1189），平安时代末期、镰仓时代初期的武将。源义朝的第九子，母亲为常盘。乳名牛若丸、九郎、遮那王。因任检非违使（判官），故称九郎判官。平治之乱后，被寄养在鞍马寺，后来受到奥州平泉藤原秀衡的保护。1180 年响应其兄源赖朝的号召起兵，1184 年讨伐源义仲。在一谷、屋岛、坛浦等地大破平军。后与源赖朝对立，逃至秀衡帐下，但遭秀衡之子袭击，在衣川自杀。其悲剧生涯成为传说与文学作品的素材。

阵，从南面进入京城并到达了太上皇的宫殿。源范赖也攻破了源赖田的阵地。源义仲逃至琵琶湖粟津一带，在那里虽然联合了今井兼平，但又受到重创。当时，平家从八岛地区渡海来到福原，依靠平教经的英勇奋战又扩大了势力。源范赖和源义经入京后，立即出发征讨平家，二月，一谷之战开始。在该战役中，源义经军采取偷袭战术，导致平家军大乱。平家军的年轻将领平敦盛死于熊谷直实之手，平忠度和平通盛等尽皆战死，平重衡被生擒。平通盛之妻小宰相在得知丈夫战死的消息后，在一个晚上悄悄投海自尽了。

在一谷之战中被杀死的平家军的首级全部被送到了京城。朝廷打算以被俘虏的平重衡作为交换条件，让平家交出作为天皇象征的三种神器①，但平清盛之子平宗盛等却拒绝了。平重衡在法然那里出家做了和尚，但不久就被押往了镰仓。

另一方面，平维盛离开家人，带领三名随从到达了纪伊地区，在高野山拜泷口入道为师，出家为僧。然后又继续向熊野地区进发，实现了向往已久的熊野参拜。此后，平维盛自觉心愿已了，在那智海投水自尽。随后，他自杀的消息传到了八岛地区的平家和身在京都的妻子那里。

到了九月，源义经和源范赖出发征讨平家，取得了藤户之战的胜利后班师回京。

文治元年（1185 年）二月，源义经开始了与平家的最后一战。在进军途中与尾原景时发生意见分歧。源义经坚持己见，派小股部队在恶劣天气下渡海偷袭四国，一鼓作气攻下八岛。虽然源义经军中的佐藤嗣信战死，但源义经的侠骨柔肠感动人心，鼓舞了士气。那须与一射扇传为美谈。从八岛地区逃到海上的平家军在志度继续遭受重创，最后逃向了

---

① 三种神器：作为日本皇位象征的三种宝物，即八尺镜、天丛云剑、八尺琼曲玉。

长门国。

三月二十四日，著名的坛浦之战开始了。在双方以箭互射、交战正酣的时候，平家军方面的阿波民部重能临阵倒戈，优势一下子转向了源家军方面。等源军登上平家大船的时候，祖母时子抱着年仅八岁的安德天皇和三种神器一起沉入了海底。安德天皇母亲建礼门院也要投海自尽，但被阻止获救。大将军平宗盛和儿子一起漂在海上被生俘，猛将平教经袭击源义经未果而投海自尽，副将平知盛见此情景，口中大喊着“吾见应见之事，足矣!”而后自杀而亡。

一个月后，被活捉的平家人被押上了回京之路。源义经带着被生俘的平宗盛父子向镰仓而去。但是，源赖朝听信尾原景时①的谗言，拒绝源义经进入镰仓。源义经虽然辩解自己冤枉，但源赖朝不听，他只好带着平宗盛父子返回京城。在返回京城的途中，平宗盛父子被处死刑，在一谷之战中被俘的平重衡在被暂时押回奈良古都、面见百姓之后，也被处以死刑。

进入七月，京城发生大地震，人们传言这是怨灵所为。此时，时忠等平家人多被处以流刑。

在京城中，源赖朝和源义经兄弟不和的消息已经广为人知。其原因是尾原景时经常向源赖朝进谗言说源义经有谋反之心。最终，土佐房昌俊袭击源义经失败。而在此时，北条时政②作为大将率军进入京城。后白河太上皇颁布追讨源义经的法旨。源义经无奈，只好离京出逃，转瞬

① 尾原景时（？—1200），镰仓时期的武将，一般称为平三。在石桥山战役中救出源赖朝。谗言诋毁源义经使其受害，后诋毁结城朝光，受到三浦义村等人的弹劾，被流放至镰仓，在狐岐与其子景季一同战死。

② 北条时政（1138—1215），日本镰仓幕府第一代执权。伊豆人。源赖朝妻子政子的父亲，通称四郎。镰仓幕府创立的功臣。源赖朝死后，北条时政谋杀第二代将军赖家，拥立实朝，开辟了北条氏掌握幕府政权的道路，后因参与牧方阴谋活动失败，退隐伊豆。

之间，由胜者变成了亡命之身。

率先进京的北条时政将平家活着的人一个个逮捕，并处以死刑。最后，他找到了平家第六代嫡男平维盛的长子。他的乳母苦苦哀求，终于打动了文觉的心。文觉四处奔走，使其免于一死，得以在洛北高雄的文觉家暂且保全性命。

等六代嫡男长至十六岁的时候就出家为僧了。源赖朝一直将其视为将来的一个隐患，因而仍在继续肃清平家的残党。后来，后白河太上皇去世，源赖朝也死去了，文觉被怀疑谋反处以流刑，而平家六代嫡男仍然生活在洛北高雄，但最终没有逃脱死亡的命运，后来也被斩首了。六代嫡男的死亡，标志着平家子孙的断绝和平家的最终灭亡。

在坛浦之战中被生俘的建礼门院回京后就出家了，接下来移居到大原寂光院。有一天，她面对前来庵室访问的太上皇吐露心声，感叹自己波涛起伏的人生恰似六道轮回。其后，她专心礼佛，超度平家一族的亡灵，向往着来世的极乐世界。据说，她和贴身的女侍们一起得到了超生。

六、《太平记》

（一）内容简介

《太平记》成书于 1374 年左右，作者不详，全书共四十卷，主要描写了自镰仓幕府时代末期到室町幕府成立这一历史时期的战争及历史，其间跨越镰仓幕府、南北朝和室町幕府三个历史时期，根据时间和内容大致可以划分为三个大的部分：第一部分主要描写后醍醐天皇①的倒幕

---

① 后醍醐天皇（1288—1339），第九十六代天皇（1318—1339 年在位）。名尊治。后宇多天皇之子。为谋求亲政，发动正中之变、元弘之变，失败后被流放到隐岐岛。1333 年逃出，在新田义贞、足利尊氏等的支持下，消灭镰仓幕府，建立建武新政权，后因公武不和导致亲政失败。1336 年迁往吉野，建立南朝。

（推翻镰仓幕府）运动；第二部分主要描写足利尊氏[①]（北朝）与新田义贞[②]的争斗以及后醍醐天皇的死；第三部分主要描写足利家族的内部斗争。该书与《平家物语》一起被称为日本战争物语的“双璧”，对日本后世的战争物语乃至明治维新运动都产生了很大影响，其核心思想包括佛教的因果轮回、儒教的忠君爱国、日本的怨灵文化等，通过说唱艺人的演说，成为一部了解日本文化的重要书籍。

（二）故事梗概

1. 第一部

在后醍醐天皇时代，也就是镰仓幕府末期，政治出现了混乱。贵族经常组织一些联欢会。他们享用山珍海味，甚至邀请美女作陪，从表面上看是一种歌舞升平、纵情欢乐的景象，但实际上是在以此为掩护，密谋着推翻幕府的计划。元德元年（1329 年），该团体中一个叫土岐赖员的人，在和妻子的悄悄话中，不小心将消息泄露。幕府得知此事，立即组织镇压，后醍醐天皇只好向幕府递交保证书，才得以将事件平息。此事件史称正中之变。

元德二年（1330 年），后醍醐天皇参拜比叡山延历寺，再次启动倒幕计划。幕府发觉后，决定将天皇处以流刑，同时将延历寺的天台住持、大塔宫护良亲王[③]处以死刑。此外，还要将上次谋反中逮捕的日野俊基、资朝等人紧急处死。资朝之子阿新殿为了在父亲被处死之前见上一面偷

---

① 足利尊氏（1305—1358），原名高氏。在元弘之乱中发挥重要作用，促成建武中兴，因后醍醐天皇赐“尊”字而改名。后背叛后醍醐天皇，于 1336 年拥立光明天皇，开创了室町幕府，对抗南朝。

② 新田义贞（1301—1338），南北朝时期的武将。响应后醍醐天皇的号召举兵，攻克镰仓，消灭幕府。在建武新政中任武者所长官，与足利尊氏对立，1336 年使足利尊氏败走九州。后足利尊氏卷土重来，新田义贞固守金崎城，城陷后战死于足羽郡藤岛。

③ 护良亲王（1308—1335），后醍醐天皇之子，亦称大塔宫。担任天台座主，法名尊云。在元弘之乱中大显身手，还俗后改名护良，建武中兴时任征夷大将军、兵部卿。后与足利尊氏对立，被幽禁在镰仓，被足利直义所杀。

渡到流放地佐渡岛；当他得知父亲已经被处死的消息时，悄悄潜入行刑者木间三郎的房间行刺，用刀砍死木间三郎后，得到山中修行僧的帮助，逃离了佐渡。

后醍醐天皇逃到了笠置寺，他向河内国（大阪府）的武将楠木正成[①]求救。楠木正成发誓说："只要陛下听闻正成一人尚在人世，则陛下鸿运必开！"

很快，幕府军攻陷笠置寺，天皇经过乔装打扮，准备逃往楠木正成镇守的赤坂城，可还未及逃跑就被活捉。赤坂城也遭到了幕府大军的猛烈攻击。楠木正成设置了二重城墙，将敌人夹在两个墙壁中间，然后用开水泼烫。虽然楠木正成的军队英勇战斗，但最终因军粮断绝，不能坚持战斗。楠木正成装成与城同亡的样子，放火焚城，而其本人却乘乱逃走了。幕府效仿承久之乱[②]将后鸟羽上皇流放隐岐岛的先例，决定将后醍醐天皇流放到隐岐岛。在流放途中经过一个叫作院庄的地方，有一个名叫儿岛高德的人趁着夜色潜入天皇住处，在院子里的樱花树干上刻下了一首诗：

天莫空勾践，
时非无范蠡。

儿岛高德是想用中国春秋战国时期范蠡鼓励并辅佐越王勾践卧薪尝胆，打败吴国，复兴越国的故事来激励天皇。

---

① 楠木正成（1294—1336），南北朝时武将，河内国的土豪。1331 年响应后醍醐天皇号召举兵，为建立建武政权作出贡献，成为河内和泉的守护。1336 年在兵库凑川被足利尊氏打败，与其弟正季互刺而死。

② 承久之乱：1221 年后鸟羽太上皇等举兵企图推翻镰仓幕府的事件。

第二天早晨，天皇看到这首诗，果然信心大增。

元弘二年（1332 年），光严天皇在京城即位。而镰仓的北条高时却热衷于田乐①，在其府邸经常有身着奇装异服的人唱歌跳舞；他还经常举办斗犬活动，沉迷于声色犬马、歌舞升平之中。镰仓幕府开始呈现出颓废之势。

已被判刑的护良亲王逃至般若寺，藏在佛经书柜里躲过一劫。随后，他又辗转各地，向熊野、吉野方向逃亡。

楠木正成逃离赤坂城后，再次举兵向天王寺进发。他在天王寺读到了圣德太子的《未来记》，心知幕府气数已尽，于是坚守河内的千早城。很快，幕府军攻陷了护良亲王的吉野城，又杀到了千早城。楠木正成采用稻草人诱敌，然后用滚石击之；将油泼在架云梯攻城的敌兵身上，然后用火烧之。楠木正成经过顽强抵抗，终于保住了城池。

由于楠木正成的顽强战斗，幕府军逐渐失去了斗志。

元弘三年（1333 年）农历闰二月，被流放到隐岐岛的后醍醐天皇成功从岛上逃脱，到达了伯耆国的名和港，在一位名叫名和长年的人帮助下逃到了船上山。

另一方面，幕府在京城的据点六波罗探题受到来自播磨国的赤松氏的进攻，幕府方面于是派遣足利尊氏从关东地区率大军西征。但是，足利尊氏在丹波国的筱村倒戈投降后醍醐天皇，致使后醍醐天皇方面的军事实力增强。五月七日，六波罗探题失守。北条仲时急忙带着光严天皇向关东地方逃跑，在近江国的番场营地战败自杀。跟随他的四百三十二名家臣也自杀身亡。光严天皇虽然被箭射伤，但之后被倒幕军保护了起来。

---

① 田乐：自平安中期开始流行的一种民间表演艺术。

五月八日，在关东的上野国，新田义贞举兵倒幕。义贞军势如破竹，矛头直指镰仓。义贞军行至镰仓西部的稻村崎海岸时，受海水阻挡不能前进，义贞向天祈祷："龙神啊，请退去潮水，让开道路吧！"说完拔出自己的黄金战刀扔向海中。果然，当天夜里海水干涸，让开了道路。义贞军一鼓作气攻下了镰仓。

五月二十二日，北条高时与八百七十余名家臣一起自杀身亡。至此，镰仓幕府灭亡。在镰仓幕府即将灭亡之前，北条高时的弟弟泰家让高时的儿子偷偷潜逃，然后在家里防火，自己和家臣全部自杀。他们通过这种方式瞒过倒幕军，放走了高时的儿子。

后醍醐天皇返回京城，天下平定，实现了朝廷的统一。

2. 第二部

新政权成立后，设置了记录所、诉讼审判所等新的机构，但一些新政策也加剧了人们的不满以及社会的不安定，比如天皇的"内奏"制度、土地的拥有权政策，以及营造皇宫用的赋税增加和纸币发行等，招致了朝廷公信力的下降和社会的混乱。

护良亲王已经察觉到足利尊氏企图君临天下的野心，并提高了警惕，但他却被新政权逮捕，并交给了足利尊氏发落，被幽禁在了镰仓。

延元元年（1336 年），北条家族的余党又起兵造反，并占领了镰仓。镇守镰仓的足利尊氏之弟足利直义在镰仓陷落的时候，杀害了护良亲王。据说护良亲王在被行刑之时，悲愤至极，用牙齿咬断了刀刃。

足利尊氏听闻关东有变，立即亲率大军从京城出发前去征讨。在进军的途中又和足利直义的部队兵和一处，攻下了镰仓，并肃清了北条氏的余党。

但是，仗打完后，足利尊氏并没有离开镰仓，这是因为新田义贞向朝廷报告了护良亲王被足利直义杀害的消息后促使足利尊氏独立的决心更加坚定。

其后，朝廷派遣以新田义贞为大将军的征讨军讨伐足利尊氏。起初，足利尊氏并没有打算迎战，他做好了在建长寺出家的准备，但是，当听说足利直义战败的消息后，随即又改变主意，决定与讨幕军进行战斗。足利尊氏的军队在箱根、竹下等地取得几次战斗的胜利后，随即乘胜追击，挥师京城，后醍醐天皇急忙逃往了比叡山。

延元元年（1336年）正月，陆奥国的北田显家①起兵向京城进发，开始征讨足利尊氏。朝廷也想利用显家和楠木的力量将足利尊氏驱赶出京城。足利尊氏被迫逃往九州，在九州与朝廷方面菊地氏的军队进行交战，取得了胜利，然后又集结兵力，准备进军京城。

同年五月，足利尊氏率大军向京城进发。朝廷在兵库的凑川布阵迎敌，楠木正成抱定必死之决心。在行军途中，他命其子楠木正行返回河内，并向其托付自己的后事，其对楠木正行说的一段话成为美谈：

“此战即使听闻为父战死，尔亦不可失多年之名节，应固守金刚山继续战斗，那就是对为父尽孝了。”

随后，楠木正成与敌人殊死搏斗，直至战死。在临死之际，楠木正成问其弟楠木正季：“你还有何愿望？”正季回答说：“我愿七世重生，剿灭朝敌！”楠木正成听后非常满意，而后自杀而亡。

新田义贞败走京城，后醍醐天皇再次逃入比叡山。足利尊氏攻进京城后，又立即进攻比叡山。朝廷方面虽然也进行了反击，但由于兵力不足，最终兵败投降。后醍醐天皇回到京城，而新田义贞则逃往到北陆地区，躲进了越前国的金崎城。

以足利尊氏为首的武家攻打金崎城的时候，后醍醐天皇趁机逃出京

① 北田显家（1318—1338），日本南北朝时期的公家兼武将。

城，躲进了吉野山。在京城，足利尊氏拥立光明天皇即位。自此，日本历史上的南北朝时期正式开始。新田义贞在金崎城失陷之前，脱身逃走。

北田显家在将足利尊氏驱赶到九州后，返回了陆奥，但后来听说足利尊氏再次崛起后，又强行率兵进京；第二年，在美浓地区遭到足利尊氏军队的顽强抵抗，只好从伊势地区迂回到吉野和泉国；次年在阿倍野战败而死。新田义贞虽然在越前地区扩充了实力，但在攻打藤岛城的战斗中，遭到细川军步兵的弓箭袭击，不幸战死。

延元四年（1339 年）八月，后醍醐天皇在吉野卧病不起。临终前留下遗言："虽然朕的尸骨埋于吉野的青苔之下，但朕的魂魄却一直望向京城!"他左手持法华经，右手持剑，面北而亡。

以足利尊氏为首的武家得到天下后，一些跋扈的大名穷奢极侈，胡作非为。其中一名叫高师值的大名想霸占盐谷判官高贞的妻子，让兼好法师为其写求爱信而未得逞，于是又陷害高贞谋反，欲杀人夺妻。高贞和妻子被逼双亡。高师值的丑恶行径，人神共愤，在历史上留下了千古骂名。

3. 第三部

朝廷方面，新田义贞之弟胁屋义助虽依然坚持战斗，但却在伊予国地区突发疾病死亡。兴国三年（1342 年），身在伊予国，曾经迫使楠木正成切腹自裁的大森彦七，由于经常受楠木正成的怨灵所扰，遂令禅僧诵读大般若经以镇怨灵。

在京城，光严太上皇①遭到大名土岐赖远的袭击。赖远根本不把光严太上皇放在眼里，他对手下说："什么太上皇啊狗啊的，要是狗就给我

---

① 光严太上皇（1313—1364），北朝第一代天皇（1331—1333 年在位）。名量仁。后伏见天皇的皇子。后来成为后醍醐天皇皇太子，元弘之变之后，受北条高时拥立而践祚，因镰仓幕府灭亡废位。建武新政失败后开始院政。

用箭射!”他用弓箭向光严太上皇的车辇射击。

足利直义听闻此言，非常不悦，一怒之下斩了土岐赖远的头。在这时候，天狗[1]们集结在仁和寺的六本杉，谋划离间足利直义和高师值以及足利兄弟之间的关系，引起武家之间的内斗。

另一方面，楠木正行借父亲楠木正成十三周年祭日之机，兴兵讨幕。在取得了几场胜利之后，得知敌人是高师值和师泰兄弟俩，于是楠木正行出征前抱着誓死战斗到底的决心，在吉野的如意轮堂墙壁上留下了一首辞世之诗：

决心赴沙场，奋力引梓弓。
誓同将士死　世间留英名。

第二年正月，在四条地区的战斗中，楠木正行壮烈战死。

高师值打败楠木正行、攻占吉野后，蔑视幕府，大肆烧杀，无恶不作。足利直义则非常谨慎。他从僧人妙吉处听说高师值扬言“如果得不到足够的赏赐，就占领附近的寺属土地和庄园，用木头和金子做成天皇和上皇，然后把活的天皇和上皇流放出去”，因而对高师值更加反感。

此时，一名叫云景的修行僧被带到了京城西北的爱砣山。他听到了天狗们关于未来的谈话。据天狗预言，足利直义和高师值将会开战，但高师值将会取胜，足利直义投降，其党羽会被杀害。

可是，出乎天狗们的预料，足利直义第二年却投降南朝。这样一来，许多武家方面的武士也都跟随足利直义投降，南朝方面的实力大增，形势一下子发生了逆转。正平六年（1351 年）二月二十六日，高师值兄弟

① 天狗：日本传说中的一种妖怪，以修验道行者的打扮出现，高鼻、红脸、爪长而有翼，持金刚杖、长刀、羽毛团扇，据说神通广大，可自由飞翔。

等也投降南朝，但却被足利直义手下武士惨杀。足利尊氏失去了作为执事的高师值的辅佐，只好直接与足利直义交战。后来，足利直义失败，第二年在镰仓被毒死。

而在此之际，留守京城的足利尊氏的儿子足利义诠看京城军力空虚，只好与南朝议和。南朝乘机进入京城，接下来就开始追剿足利义诠。但是，在战斗中，南朝的后村太上皇向河内的东条退却，武家方面随即取得了胜利。

正平八年（1353 年），山名师氏对佐佐木道誉蛮横无理的态度非常愤怒，和父亲时氏一起与南朝相呼应，率兵包围京城。足利尊氏和儿子足利义诠逃跑，随即山名父子和直义的养子直冬入京，但在随后的战斗中败逃，足利尊氏又夺回了京城。

正平十三年（1358 年）四月，足利尊氏后背生疮病死，其子足利义诠继承将军官位。在关东，新田义兴被武家所骗，在矢口渡自杀身亡。同一年，足利义诠进攻南朝据点。此时，避世隐居在北野神社的日野僧止赖意听到隐士、殿上人、法师三人讨论世间因果轮回，期待着乱局结束时刻的早日到来。

正平十六年（1361 年），足利义诠手下的执事细川清氏与佐佐木道誉进行权力之争，与南朝联合进攻京城。足利义诠逃往近江，但很快又反攻并占领京城。此时，楠木正仪接收了佐佐木道誉的住宅，而道誉早就料到如此，在离开之前特意将房舍装饰得很华丽。楠木正仪心中感念道誉的情谊，在退却离开的时候，将自己的头盔和战刀作为礼物留下赠送给了道誉。

第二年，细川清氏逃到赞岐国，与细川赖之开战。七月，细川赖之将暴躁的细川清氏从白峰城中诱出，并击败。四国被细川赖之占领。盘踞在周防、长门国的大内弘世虽然属于南朝，但却投降了武家。而东国则被足利义诠的弟弟基氏占领，天下形势逐渐趋于稳定。

正平二十三年（1367年）四月，镰仓的基氏年仅二十八岁因病而亡。到了十二月，三十八岁的足利义诠也死去。细川赖之作为管领进京，拥立足利义诠之子足利义满为将军并进行辅佐，这也避免了世道再次陷入动乱，因此也实现了“中夏无为之世”①（为政者不用刑法而治理的理想之世）。

七、《曾我物语》

（一）内容简介

《曾我物语》成书于十四世纪后半叶到十五世纪前半期，作者不详。该作品描述的是在源赖朝当权的镰仓幕府时期，曾我十郎和曾我五郎两弟兄为父报仇的故事。它是日本最早的复仇物语，与赤穗浪人、荒木右卫门的报仇故事合称日本三大恩仇故事。在曾我弟兄死后，人们为其快意恩仇的壮举所感动，为了抚慰他们年轻的亡灵，兄弟报仇的故事开始流传开来，后来关东地区的僧人参与创作，使作品不断完善，再后来就演变成为由女说书艺人演唱的一种流行版本。《曾我物语》对日本后世的能乐②、幸若舞③、净琉璃④、歌舞伎⑤等表演艺术形式乃至近世小说都产生了深刻的影响，深受日本人喜爱，尤其是江户时代中后期，各个歌舞伎座将其作为正月里的必演节目。

---

① 中夏无为之世：据研究，此句是对中国古典文献的引用。

② 能乐：指猿乐能，日本的一种传统戏曲。南北朝、室町时代由观阿弥、世阿弥父子集大成的歌舞剧，江户时代成为幕府的仪式乐。

③ 幸若舞：流行于室町时代的一种舞曲。以道白为主，合着扇子节拍、小鼓、笛子等乐曲而舞。

④ 净琉璃：配乐说唱故事之一，十六世纪产生于三河地区的说唱形式。从十七世纪初开始，采用三弦琴伴奏，并与木偶戏曲相结合产生了“偶人净琉璃”，成为日本的一种传统戏曲。

⑤ 歌舞伎：江户时代形成的日本代表性戏曲。

（二）故事梗概

平安时代末期，在伊豆国伊东地区有一个名叫工藤大夫祐隆的武士，皈依佛门后的法名叫寂心。他有几个儿子，但不幸的是都先他而去，后继无人。为此，他与后妻带来的女儿私通生下一个儿子继承了家业。这个儿子取名伊东武者祐继，并继承了父亲的伊东庄园。此外，工藤大夫祐隆死去的长子也生有一个男孩儿，因为是他的长孙，也不能坐视不管，于是就把他过继为自己的次子，继承了河津庄园，取名为河津次郎祐亲。

寂心（工藤大夫祐隆）死后，河津祐亲因为作为嫡孙的自己没能成为伊东家的家主之位而心生不满。恰巧，作为家主的祐继身患重病，而且病入膏肓。这一天，祐亲前来探望祐继，他凑近病床，抓住祐继的手说：

“您儿子金石我会替您照顾的，请放心吧！”

听了这话，祐继很高兴，对祐亲说：

“金石就拜托给你了！将来让他和你的女儿结婚，等元服之后就让他进京修行，以后要让他们夫妇守住伊东和河津的领地啊”，

祐继说完，就死去了。

祐继死后，祐亲很快就从河津搬到了伊东，并把自己的名字改成了伊东次郎祐亲，然后把河津庄园让给了自己的儿子，更名为河津三郎祐通。按照和祐继的约定，让金石十三岁元服，更名为工藤祐经，并让祐经和自己的女儿完婚，等到了十四岁，就把他送到了京城。

但是祐亲最后破坏了与祐继的生前约定，霸占了伊东和河津两个庄园，将嫁给祐经的女儿也抢了回来。祐亲这一背信弃义的行径惹恼了祐经，他悄悄从京城潜回伊豆，命令大见和八幡两名武士去暗杀祐亲。

而恰在此时，邻国的武士们来伊豆奥野狩猎。他们聚集在伊东的馆舍里，进行了三天三夜的饮宴活动，然后准备进入狩猎场。事先被祐经

安排刺杀祐亲的两名武士大见和八幡打算混在狩猎队伍中，乘乱见机行事。他们乔装成狩猎武士的样子，和狩猎队伍一起进了猎场。

七天的狩猎活动结束了，人们在原野里举办酒宴，并进行角力相扑活动。武士们逐个进场比试。有一个叫吴野五郎景久的相模国武士，是相扑高手，他连续战胜三十二人，无人能敌。这时候，一个名叫土肥次郎实平的年长武士对他开玩笑说：

“哈哈，真有意思，要是没人能比的话，就让我这个老家伙试试吧。”

吴野摆出一副傲慢的姿态回答说：

“年纪大也没关系，你出来吧。”

实平听了吴野的回答，身子没有动，只是脸上露出了尴尬的笑容。

此时，有一个武士站了出来，正是祐亲的儿子河津三郎祐通。祐通平时是一个谦虚平静的人，此时看到吴野对待长者的态度傲慢无礼，因此生气，忍不住来到场中。两个人交起手来，只见河津三郎祐通只用一只手，就把吴野摔倒了两次。这引起了众人的哄笑。吴野脸上有些挂不住了，他摆出了一副要打架的姿势。武士们见状，也都披挂铠甲，手持刀箭，摆开了战斗的架势。他们分作吴野与河津两派站立两侧准备参战。老武士土肥次郎实平非常担心，他急忙走到众人中间，说道：

“现在，我们都是深受平家恩惠之身，像这样为打架而丧命，有什么用处，不觉得惭愧吗?”

经过实平的调节，避免了一场无谓的冲突。

在这场即将发生的争斗中，在一旁有一个人正在冷眼旁观，他就是源赖朝。在父亲源义朝发动的平治之乱中，源氏败给平家，源赖朝被俘虏并流放到了伊豆国。看到武士们随意争斗，根本不把自己放在眼里，源赖朝心中很不是滋味，他暗下决心，有朝一日一定东山再起。

在武士们狩猎的归途中，当他们经过一个叫做儿仓追立的地方时，忽然有一支暗箭从背后射来，正射中了河津祐通。河津祐通刚要回头寻找敌人，怎奈箭伤很深，他从马上摔落下来。身旁的父亲祐亲大吃一惊，刚要策马跑过去，又有一支箭射来，射中了祐亲左手的两个手指。狩猎队伍一下子混乱起来，两名刺客大见和八幡趁着混乱逃跑了。河津祐通只说了一句“我看到了祐经的随从大见和八幡”，然后就断气了。

河津祐通有两个儿子，哥哥叫一万，五岁；弟弟叫箱王，三岁。河津祐通遇刺身亡后，他的妻子终日悲伤。有一天，她让两个儿子坐在自己的膝盖上，哭着对他们说：

“你们两个，一定要记住！杀害你们父亲的是工藤祐经，在你们二十岁之前，一定要取了祐经的首级给我看！”

三岁的箱王还不懂事，仍然自己玩耍着，但五岁的一万回答说：“等我长到十五岁，一定杀了父亲的仇人。”

说完扑在父亲的尸体上，发出了稚嫩的哭声，周围的人无不动容落泪。河津祐通的妻子想要自杀和出家，但被公爹祐亲劝阻住了，她改嫁给了相模国的武士曾我太郎祐信作后妻。年幼的兄弟俩也跟着母亲去了曾我家。

在这之前，源赖朝与伊东祐亲的三女儿私通，生了一个儿子。源赖朝给他起名叫千鹤御前，非常疼爱。但这件事祐亲并不知晓。祐亲结束京都护卫的任职回到伊东，听说此事后大怒道：

“如今让被发配的源氏做女婿，这要让平家知道了后果不堪设想。”

他把千鹤御前沉入河底溺死，甚至想杀死源赖朝。源赖朝强忍愤怒，发誓要报仇。他翻过伊豆的山脉，逃到了北条时政的府邸。北条时政很是吃惊，但他厚待了源赖朝。

源赖朝和北条时政的女儿政子之间产生了爱情，但北条时政并不知道此事，他已经约定将女儿政子嫁给伊豆国平家代管的山木判官兼隆。

但是，在结婚前夜，政子逃到了热海伊豆山寺庙，源赖朝也随后到了那里。僧兵们阻止山木兼隆和伊东的追兵，将二人保护起来。北条时政则装出一种不知情的样子，暗地里却派出使者，照顾二人的生活。

治承三年（1179 年）八月，源赖朝起兵反平，先是杀掉山木兼隆血祭起义，然后平定了关东。祐亲听源赖朝命人召回自己，知道不妙，就自杀了。

文治元年（1185 年）三月，经过坛浦之战，平家灭亡，源赖朝统一了天下。而工藤祐经也成为源赖朝的近臣，拥有了很大的权力。

这时候，一万和箱王分别长到了九岁和七岁。看到在空中并排飞行的大雁，兄弟俩想起丧父之痛，终日想着为父报仇。但是，此时的母亲却告诫兄弟二人不可报仇。因为改嫁给曾我祐信的母亲必须要保护曾我家的安全。兄弟二人是源赖朝的仇人伊东祐亲的孙子，而工藤祐经又是源赖朝的近臣，稍微走漏一点风声，不但兄弟二人生命有危险，就连曾我家也会遭难。

时光荏苒，岁月如梭。转眼之间，一万长到十三岁元服了，取名为曾我十郎祐成，而十一岁的箱王在箱根的寺庙剃度成了僧徒。一开始的时候，箱王一心修佛，但没有父亲的孤寂，终于又让他燃起了复仇之火。

此时，源赖朝带领武士们来箱根寺庙参拜，工藤祐经也在参拜行列之中。箱王看到祐经，忍不住悄悄从背后凑了过去，但却被祐经发现叫了过去，对他进行言语戏弄，这更加激起了箱王心中的复仇之火。他厌恶出家，有一天终于逃出了箱根寺庙，回到曾我家，向哥哥说明了自己的想法。曾我十郎将弟弟带到了北条时政处，举行了元服仪式，给弟弟取名曾我五郎时宗。这一举动却惹恼了母亲，曾我五郎被逐出了家门。母亲劝兄弟二人说：

“你们虽然是遵守我当年的誓言要为父报仇，但现在时代变了，你们如果那样做，会立即被逮捕杀掉!”

但是，兄弟二人报仇之志已定，无法改变。

在东海道大矶的旅馆里，有一名叫虎的卖艺女子，是曾我十郎的恋人。兄弟二人便以这个旅馆为据点，寻找刺杀来往于伊东和镰仓之间的工藤祐经的机会。但是，事情进展得很不顺利。

建久四年（1193 年）四月，源赖朝命令武士们在浅间、那须地区进行大规模围猎活动。十郎和五郎兄弟二人暗自高兴：

“父亲就是在围猎的归途中被杀的，在围猎场杀敌报仇，应该是因果报应!”

但是，当兄弟二人勘察猎场时发现，这里和过去大不一样，旅馆戒备森严，根本找不到报仇的机会。在失望当中，围猎活动结束了。

源赖朝回到镰仓后，又命令在富士山脚下进行围猎活动。兄弟二人认为这是最后一次机会，所以下定了决心。曾我十郎找到了心上人虎，告诉她自己报仇的决心，并进行最后的告别。虎泪流满面，十郎割下自己鬓角的头发，留给虎作纪念。二人共度一夜，第二天早晨，在山彦的山岗上，二人洒泪分别。

五郎也满心烦恼，自被母亲逐出家门后，心里却十分思念母亲。十郎带着五郎去见母亲，在十郎的耐心劝说下，母亲终于回心转意，与五郎见了面。母子相见，各自泪流满面。兄弟二人跟母亲说想换一下衣服，他们将换下的衣服留给母亲作纪念，然后谎称说要去猎场参观，走出了家门。二人一边回望着母亲的住所，一边越过箱根山，向着富士山下的井出之地出发了。

在富士山脚下，一场盛大的围猎活动正在进行。兄弟二人在围猎队伍中发现了仇人祐经，可惜他们的箭射歪了。此时狩猎活动也快要结束了，第二天大家就要赶回镰仓。这天晚上是最后的机会了，十郎提前确认好了祐经的住所。可是，当十郎进去后，却被祐经发现、逮捕，并被带进了祐经居住的房间。在房间里，人们正在举行酒宴，祐经对十郎说：

“你要杀我是徒劳的。况且，说我杀你父亲也是不对的。他是中了狩猎的流箭，不是我杀的。今后我是不会亏待你的。”

说完，祐经劝十郎喝酒。十郎压住怒火，接过酒杯，一饮而尽，然后离场而去。

五月二十八日，曾我兄弟再次潜入了工藤祐经的住所。但是，房间里没人。“说不定他是住在赖朝公的公馆呢”，兄弟二人这样猜测着又悄悄摸入了源赖朝的公馆。正如二人所料，祐经正在这里和艺妓睡在一起。二人悄悄潜入房内，十郎用刀抵住祐经的肩头，大声呵斥道：

“喂，工藤祐经，大敌当前，你却敢在这里睡大觉，起来！”

祐经睁开眼睛，愣了一下，然后准备拿刀抵抗，说时迟那时快，兄弟二人扑上去，斩杀了祐经。等祐经停止呼吸后，兄弟二人在房间里大声喊道：

“曾我兄弟斩杀了杀父仇人工藤祐经！”

听到喊声，武士们纷纷持刀扑了过来，兄弟二人将所有人全部斩杀。这时候，伊豆国的勇士仁田忠常拦住去路，与十郎拼杀起来。而此时的十郎已十分疲惫，肩头被砍伤，他对弟弟五郎大喊道：

“五郎何在？我已经被砍伤，你要是没有负伤的话，一定要面见赖朝公！”

说完，气绝身亡。但是，当五郎接近源赖朝的身边时，有人从后面扑上来，将其活捉。

第二天，五郎被带到源赖朝面前接受审问。源赖朝对五郎的正直勇敢很是赞赏，说：

“真是一位了不起的武士！”

于是想赦免五郎，但是一位名叫梶原景时的近臣说：

“祐经也有儿子，如果您那样做了，则后患无穷。”

听了此话，源赖朝也不得不将五郎处死。五郎愉快地接受了死刑，他年轻的生命化作了富士山脚下的一滴朝露。

曾我兄弟的死讯很快就传到了曾我的家中，母亲泪流满面，继父曾我祐信也很悲痛。源赖朝将兄弟二人的首级送到曾我家，嘱咐家人要好好安葬祭奠，而且免除了曾我家的年贡。其后，母亲和虎登上箱根庙，给兄弟二人进行百日祭奠。虎当场削发为尼，踏上了为兄弟二人的超度之旅。

过了几年，母亲和曾我祐信也相继去世，虎继续在家乡祭奠着兄弟二人的亡灵。

在某一个春天的傍晚，虎伫立在寺庙山门前回想着往事。她恍惚看到樱花树下出现了十郎的影子，她想扑上去抱住十郎，可一下子倒了下去，从此卧床不起，无疾而终，享年六十四岁。

第五章　日记与随笔文学

第一节　日记与随笔文学概论

日记和随笔是日本古代文学中一个重要组成部分，也是一种特殊形式。日记是官员用于记录公务以及各种活动和仪式的备忘录，而且主要是由男性官员用汉文书写的。但是，随着假名文字的普及，许多贵族或官员家中有文化教养的女性成员开始用假名文字书写日记，用以表达自己对外界的认识和内心的情感世界，这就使日记摆脱了男性官员备忘录的性质，而具有文学的性质和意义了。

日本最早的日记文学并非出自女性之手，而是纪贯之[①]于935年左右创作的《土佐日记》，这也是用假名文字书写的日本最早的日记文学。纪贯之是《古今和歌集》的编者之一，尤其以《古今和歌集》的假名序而闻名于世。除此之外，他还是著名歌人，其和歌数量众多，且富于理性。但是，纪贯之仕途不顺，在晚年（930年）被外放到遥远的土佐国做太守。《土佐日记》就是纪贯之卸任土佐太守，于934年离开土佐返回京城的途中，对五十五日的途中见闻的描写。在日记中，纪贯之称自己

① 纪贯之：（866？—945？）平安前期歌人。三十六歌仙之一。虽然官场失意，但在和歌领域成绩突出，歌风具有理性的特征。著有《贯之集》。

是一名女性，使用了当时被称为“女手”的假名文字，以对在土佐夭折幼女的哀悼之情为基调，描写了海上旅行的危险与内心不安，以及回京后的喜悦，将自己的个人情感与虚构交织在一起。《土佐日记》既具备日记文学的内向性特点，又具有故事的虚构性特征，读起来耐人寻味，开创了日本日记文学的新形式，也开启了日本女性日记文学的繁荣之门。

继《土佐日记》之后，在平安时期，相继出现了如藤原道纲母的《蜻蛉日记》（后文介绍）、和泉式部①的《和泉式部日记》、紫式部的《紫式部日记》、菅原孝标女②的《更级日记》等一大批日记文学作品。这些日记作品绝大部分出自宫廷或贵族女性之手，也从侧面反映了平安时期日本女性文学的繁荣。

《和泉式部日记》的作者是和泉式部，1007 年成书。和泉式部将自己与帅宫敦道亲王的十余个月的恋爱经历写成了一部物语风格的日记。作品以二人一百四十余首恋爱互赠和歌为中心展开描写，加之二人都是著名歌人，因此日记作品不仅描绘了爱情，而且极具浪漫抒情色彩。

《紫式部日记》的作者是紫式部，成书于 1010 年。该日记作品是紫式部侍奉中宫彰子的工作和生活记录，以彰子生子为中心，描写了奢华的宫廷生活。日记的后半部分有一部分消息文（书信），包括对清少纳言、和泉式部等宫廷女官的批评，其中对清少纳言的批评尤为尖刻。

《更级日记》的作者是菅原孝标女，成书于 1060 年左右。它是一部回忆录式的自传日记，记录了作者从十三岁到五十二岁共四十年的人生经历。从崇尚物语世界的少女时代，到与亲人的生死离别、辞官、结婚，

---

① 和泉式部：生卒年不详。与和泉守橘道贞结婚，生一子为后来的歌人小式部内侍。侍奉中宫彰子，作为一名热情和多恋爱的歌人而著名。

② 菅原孝标女（1008—?），藤原道纲母的侄女。除《更级日记》外，据说还参与多部作品的创作。

乃至后来与丈夫死别和孤独老去的晚年，笔触细腻而浪漫，在作品的深处隐含着作者对现实的无奈和伤感。

随笔不像日记那样受时间和地点的限制，它形式自由，可以充分发挥作者的想象力，自由表达作者的思想情感。这种文学形式，由平安时代清少纳言的《枕草子》首开先河，后又被镰仓时代的《方丈记》和《徒然草》所继承，形成了日本古代文学中著名的三大随笔，也是日本古典文学中的一道靓丽风景线。下面我们选取其中具有代表性的几部日记和随笔文学以飨读者。

第二节　作品赏析

一、《蜻蛉日记》

（一）内容简介

《蜻蛉日记》成书于 974 年以后，出自藤原道纲母[①]之手，是日本最早的女性日记文学。该书分为上、中、下三卷，描写了作者婚后生活的苦恼与烦闷，将其二十一年的生活历程用回忆的形式写了出来。作者出身于中等贵族家庭，后嫁入豪门成为权贵的一名妾，为了得到丈夫专心的爱而苦恼不断，不久生下一子道纲，于是将自己的全部爱转移至儿子身上。这种对自己心理直接而露骨的描写，使其成为日本女性日记文学的先驱，对其后以《源氏物语》为首的许多文学都产生了很大的影响。比如堀辰雄写了现代版的《蜻蛉日记》及其续篇《杜鹃鸟》，室生犀星写了《蜻蛉日记遗文》等。下面分别节选上、中、下三卷中的部分段落进

① 藤原道纲母（936？—995），平安中期的歌人。嫁给藤原兼家，生右大将道纲。《拾遗和歌集》等敕撰歌集中收入其和歌三十六首，著有《蜻蛉日记》。

行赏读。

（二）作品赏读

1. 序：记录无常身世的日记

时光荏苒，人世无常。有一位女性，孤独地度过了半生。论容姿不及常人，论品性又全无世俗权变之心。自认为是个无用之人，无聊的时候，只看一些旧物语中的闲散文字。想不到如今流行的物语写的大都是一些无稽之事，竟也大受欢迎。如此看来，若是将自己非同寻常的身世写成日记真实记录下来的话，恐怕要被世人称奇呢。或许有人想问，嫁入豪门的女人生活如何啊？那么，这本日记就是回答问询的一个很好的例证。过去的时光已经久远，许多事情也都淡忘了。所以，笔下的一些内容或许会有些含糊不清了。

2. 右兵卫佐藤原兼家的求婚

那时，平淡乏味的恋歌赠答就算告一段落，任职柏木的那位单刀直入地表达了求婚之意。如果换成一般人，总要先请人做媒，或者派自家的女管家出面。想不到这位竟然直接向女方父亲说了出来。那态度既不认真也非玩笑。女的对父亲说：

“恐怕并不般配。”

可那男的却不在乎，他派使者骑马前来敲门，还没等门里的人询问，使者已经在外面大声喊了起来。（女的）满心疑惑地接了书信，只听到门外又是一阵喧哗。仔细一看，信纸并不像这种场合专用的，字迹也很拙劣，以前常听人说，求婚者的笔墨应该是很讲究的，但这封信却字迹潦草，不像是表达爱慕之意的信函。心里觉着奇怪，甚至怀疑这究竟是不是他亲笔所写。信中只写了一首和歌：

杜鹃声声鸣，久慕君芳名。

苦思不得见，必欲赏倩影。

“怎么办，该不该给他写回信呢?”

心里疑惑着，只好与身边的人商量。一位颇有古风的长者说“应该的”，劝女的回信，于是女的小心翼翼地提笔写了一首答歌：

杜鹃叫声声，空鸣在山中。
吾非君佳偶，寄信亦无用。

3. 道纲诞生，兼家的情人町小路女人的出现

正月里，有两三天那一位一直没露面。因为自己要出门，于是写了一首和歌留下，并嘱咐下人道：“有人来时，送上这首歌。”

黄莺鸣山野，哪里有人知。
我心忧自身，欲隐深山去。

回来时，见家里那一位留下了一首答歌：

黄莺鸣山野，依声可寻觅。
忧心欲遁世，何处隐身去。

这时，身上有了意料不到的事情，春和夏过得都很不舒服，心情烦闷。八月末，一身分为了两身。在这前后，那一位真的用心周到，体贴入微。

到了九月，在那一位外出的时候，不经意打开了随意放置的信盒，里面竟有一封写给别的女人的情书。一时惊呆了，为了让那一位知道这封信被发现了，于是在信的下面写了几句：

“你写信给别的女人，是打算再也不到这里来了吗？好可疑啊！”

我整日胡思乱想，果然不出所料，十月末的时候，那一位接连三天没有了踪影，事后，他竟厚着脸皮说：“这几天让你静静心。”真会装模作样。

到了傍晚，那一位说了句“想起宫中还有要紧的差事”，便从我的宅中出去了。心里觉得奇怪，就派下人尾随查看。回来报告说：“车子停在了姬小路的某处。”其实全在意料之中，自己心里烦躁不堪，却又不知如何是好。就这样过了两三天。某日拂晓，听见有人敲门，明知是那一位来访，因为心里有气，也就没让仆人开门。门外的车子向着那个女人家的方向去了。又一想，也不能总是默不作声啊，于是第二天一早又写了一首和歌：

独寝待君来，秋夜漫漫长。
门外仅片刻，为何去匆忙。

笔法与往常略有不同。把和歌插在褪了色的菊花上，派人给那一位送去了。那一位的回信这样写着：

冬夜实难挨，木门久不开。
等君将天明，无奈宫差来。

当时那一位就这样满不在乎。而后来就更难知道他是怎么想的了。公开出入那个女人的住宅，竟然毫无顾忌。至少也应该找个借口说宫中有差事什么的，别让这边的夫人伤心。不知那一位是厚颜无耻，还是真的没心没肺。

4. 家宅荒芜，夫妇疏远

就这样，我们二人这种表面上和睦夫妻的关系已经持续了十一二年。可是，实质上，我们毕竟不是世间的真正夫妻。所以，这十一二年我是在叹息自己命不如人的无尽愁苦中度过来的。其实，也只能如此。说到我的生活，到了晚上那一位不来访的日子里，宅内人手少，心里很是害怕。如今，我唯一可以依赖的父亲，这十几年来一直在各地辗转任职，偶尔回京也只是在四五条那边。我家与左近的马场为邻，与父亲的回京住处又相隔很远。就连这座让我担惊受怕住下来的院落，也由于无人修理和照料正在一天天破败。那一位从这里出出入入，竟然也能满不在乎地看着这房屋的荒芜。见他这个样子，心里很是不安，他似乎也没有把我放在心上。左思右想，心绪烦乱。荒芜的院落中蓬草丛生，而那一位公务繁忙的借口多过了院中的蓬草。我在思虑万千中迎来了八月。

平平淡淡的某一天，两个人因一些小事斗嘴，结果导致了彼此恶语相向。那一位气呼呼地出了门。他先走到了屋子的前廊，叫出了孩子，留下了一句话：

“我再也不打算来了。”

然后就径直离去了。孩子立刻进屋大声哭泣起来。我问他：“怎么啦？出什么事了吗？”孩子也不回答。心里明白是那一位在孩子面前说了什么狠话，可如果真让身边的其他人听见了又不成体统，所以就决定不再问了，说些家常话安慰了孩子。

从那天以后，过了五六个月，没有任何信息。若在以往，五六天不见也该来了。唉，真不知怎么搞的，我本来并没有真想惹他生气啊。本来两个人的关系就没有保障，也许他会借此机会，再也不来了吧。一想到这儿，心里就越发感到不安，恍恍惚惚地胡思乱想。偶然间看到了他离开这里的那一天曾用过的米水。杯中的米水①一动未动，浮着灰尘。真想不到事情会到这个地步啊。

米水空留影，人儿已不在。
莫非从此后，再也无恩爱。

这一天，那一位又在我家出现了。然而，人虽相见，心未相融。一如既往地度过了共同的时间。生活中充满了这样不安的日子，心不得宁真是让人痛苦万分啊。

5. 新年的贺词：三十日三十夜来我处

在空虚的生活中迎来了新的一年。世上一般的人在新年这一天都很讲究“语忌”，也许是我从前没有在这一天语忌的缘故吧，一直命运不济。想到这，赶快起身，跪行而出叫起众侍女说：

“喂，听着，今年的新年我们这个家里要严守语忌，让我们试试运气吧。”

听到我这句话，躺在卧室中还没有起床的妹妹唱起了寿歌：

“天地缝福袋。”

我觉得有趣，赶快加了一句：

“我想说：‘每月三十天，天天夫君来。’”

前面的侍女们笑道：

“如果能真的实现可是再好不过了。既然这样说了，就写下来给老爷送过去吧。”

---

① 米水：洗面用的水。

这时，妹妹爬起身来笑着说道：

“这是好主意。天下第一吉利。”

于是，我把刚才那句寿词写下来，让孩子给带了过去。这几年，那一位的权势如日中天。来他宅上贺年的人不知该有多少。新年伊始，他还要早早地去宫中上朝。应酬繁忙之中，给我写了一封回信。因为今年是闰五月，所以写道：

天可去闰月，恋情年年增。

新年换贺词，好运应满盈。

第二天，我这里的仆人和正夫人时姬那里的仆人发生了争执，事情很麻烦。那一位同情我这一边，觉着我可怜。可我却认为都是住得太近的缘故，心里很窝火。很快，我又移居到了别处，新居离那一位的宅邸稍微远了一点。那一位每隔一天来访一次，并且每次都香车美服，故意装作专程访问的样子。以我现在的心情来看，对他当时的用意应该是满足了。虽不是人们常说的“衣锦”，可我心里想的是要“还乡”。

6. 兼家不再来访

白天，那边派来了使者。使者说：

“老爷准备过来，吩咐我们在这里等候。”

家中的侍女们忙乱了起来，动手收拾杂乱的各处。看着侍女们收拾，我心中又悲又苦。就这样过了一天。天完全黑了，等在我家的侍从们说：

“车子早就准备好了，为什么到现在还不来?”

夜更深了，侍女们说：

“不太对啊，派谁去看一看吧。”

派去的侍从回来了，说：

“刚才撤掉了备好的车，随身的侍从也都解散休息了。”

他又来这一套，太无情无义了。我心中的悲叹难以用语言来形容。如果我仍旧住在深山里的话，就不会这么惨了。结果完全和我在山里时的预想一样。家里的人都认为我不明事理，认为我已心灰意冷，劝这劝那。好像问题就像新婚三日夫婿不再登门一样严重。他究竟有多重要的大事无暇到我这里来呢，只要把这个理由说出来，我心里就能平静一些。正左思右想烦恼之中，有客来访。我心情烦闷，本不愿意见客。和客人说这说那之后，烦闷减轻了。

天明之后，大夫（藤原道纲）说：

“昨天因为什么缘由没有来，我去父亲邸上问一问。”

去了又回来报告说：

“据说是昨晚突然身体不适。父亲说：‘突然非常难受，怎么也去不成了’。”

听他说这样的搪塞之词，还不如什么都不问得好。那一位在信上说：

“有困难，很严重。”

让人不爽。这时从那里送来了信。展开一看，他似乎以为我还在山里，信写得很亲切。

“为什么要住在那种徒增烦恼的地方。可是，也有人不拘烦恼，乐与夫君为伴。听说你就是这样的贤惠夫人。然而，你却说与家兄已经疏远。究竟如何，我很惦念。”附有一首和歌：感情若如初，夫君定来访。

我在回信中说：

“住在深山时，很想看到秋天的景色。可惜人住深山仍不得解忧。未下决断时便下了山。本以为没有人能理解我的愁思，你是怎么听说的。”并回了一首和歌：

夫妇关系冷，只叹人无情。

听说那一位今日无事，自明日起又要避忌。再下一日的六日，冲我家的方向不吉。再下一天，也许会来吧，我不计前嫌地等着他。夜深之后，那一位来了。对上次入夜未访的事情做了辩解。还说：

“今夜我是急忙赶来的。因为有忌讳，家里的侍从全被我打发离宅了，把那么大的家宅放下不顾来看你。”

说话满不在乎的，一点都不内疚。我无话可说，天明后那一位又说：

“惦念着出去避忌的家人，不知怎么样了。”

说完，急忙回去了。

此后，再也没露面。又过了七八天。做地方官的父亲说要去初濑参拜，我决定陪同前去，为了持斋暂时换了住处。尽管换了住处，下午的时候，那一位还是来了。宅中立刻嘈杂起来。“不对了，谁朝那个方向开的门!”吵得一宅之主的父亲都吃了一惊。进到我房里之后，把日常的供香弄乱，把念珠放到柜子上，胡乱一起，也不知是为了什么。后来知道我正准备随父亲去参拜后，放下了心，第二天归去。

7. 想世上万事可哀

三日夜里下了雪。积雪有三四寸厚。今早仍然在下。卷帘望去，听见侍女们说“好冷”。风刮得也很猛。感到世上一切都很可哀。

此后天气又有好转。八日，去父亲宅中。亲戚来了很多。年轻的女性们弹起了筝、琵琶，奏起了适合春天气氛的曲调。笑盈盈地过了一天。第二天早上，来做客的亲戚们都回去了，心情很悠闲。

回到自己宅中，那一位的信也刚刚送到。信上说：“连日避忌。为了落座仪式，一直谨慎简行。今日想去看望你。”信写得很用心。我写了回信。不过，他信上的口气好像是马上就要来，其实可不一定。我现在已被他渐渐遗忘。所以他来不来也没挂在心上。正悠闲着无所事事，正午时分，侍从们喊了起来：“老爷到!”慌忙中那一位已经进来了。我装束欠雅略有失态地与他相对而坐，心情散漫。过了一会儿，侍女们搬上了食桌。多少用了一些。天快黑的时候，那一位说："明天举办春日神社祭礼，我被定为献帛使。"他穿戴好了正式的装束，前面一大群开道的侍从，威风凛凛地出发了。他刚一走，侍女们都集中到我身边，说："老爷突然到来，我们都措手不及。什么都准备得不好，不知老爷……"个个都心怀歉意。我想，我的措手不及才惨呢。只是我觉得我已不再会讨他的欢心了。

不知什么缘故，最近的天气或晴或阴，虽然是春季，温度却比往年要低。夜晚，月色澄明。十三日，雪花伴着东风飞舞，中午时分又变成了雨，静悄悄地下了一整天。这世上真让人感到可哀。几日没有音信的那一位，亦不出我所料，说是从今日起又有四天避忌，多少松了一口气。

8. 贺茂临时祭礼，再见兼家

因为后天要举行贺茂临时祭，儿子右马助被紧急调去作舞者。为了儿子的事，那一位又难得地送来了信："用品准备得怎么样了？"并且把一切必须物品全部都送了过来。试乐的那天，那一位又送来了信："因身有秽气，乞假在家，亦不能出入宫中。所以想去你宅上协理打点，又怕你不允。我心里很挂念儿子的登场呢。"看了他的信，我难过得心都快要碎了。如今再来我这里已经没有任何意义了。左思右想之后，催促儿子："快穿好衣装去那边宅上。"送走儿子后，眼泪立刻就扑簌簌地落下来，我也无奈。那一位一直陪着儿子，练了一遍舞之后才让儿子进宫。

祭礼当日，我也很想观看，便出了门。道路的北侧，停着一辆不起眼的槟榔车。车棚的前后都垂下了帘子。从前一侧的帘子底下似乎露出了紫色的织纹娟袖。也许车内主人是一位女性。这时，从车的后一侧所对着的宅院的门里郑重地出来一位腰上佩刀的六品官员，那官员来到车前一侧，跪下说了些什么。哎呀，我注目一看，那六品官侍奉的车子旁还聚集着许多穿绯色官袍的五品官和穿黑色官袍的四品官。人数都数不过来。侍女说："仔仔细细地看了一遍，侍从里看见了认识的人，那是老爷的车。"看样子是今年的仪式比往年结束得早，公卿们的车子和结伴而行的官员们看见这车前面的侍从众多，猜测出是那一位的车，于是都停止了行进，把车子也都整整齐齐地停在了一处。我挂念在心的儿子，虽然是被紧急召去作舞者，连他的随从们都衣着鲜美。公卿们亲手拿果品送给他，向他说着什么。看这番光景，我觉得很有面子。旧式作风的老父，因身份上的差异，不能靠近公卿，混在头插饰花的陪从行列中。那一位从散乱的众人里特意让人叫出了老父，又从车后的院中搬出了酒，为老父奉上了酒杯。我只有在这短暂的一刻才感到了心头的满足。

9. 日记搁笔

今年的天气未见异常。下了两次雪，雪后留下了斑驳的痕迹。家里为道纲准备新年用的礼服，白马会上用的节日装，不知不觉到了年末。除夕这一天，让侍女们叠好第二天元日要穿的衣服。想一想，自己如此的长寿，能够活到今日，已经实属意外了。看着家人在祭魂，不禁又思绪万千。沉思中，迎来了新年。因为这里是京城的边缘，过了深夜之后，才有驱鬼的人转到这里来敲门。

二、《枕草子》

（一）内容简介

《枕草子》的作者是与《源氏物语》的作者紫式部齐名的著名女作家清少纳言。清少纳言生卒年不详，她自幼接受汉文熏陶，其父是有着"梨壶五人"[①] 美誉的著名歌人清原元辅。清少纳言二十八岁即993年左

① 梨壶五人：951年在宫中的梨壶和歌所为《万叶集》作训释并编撰《后撰集》的五人，包括坂上望城、纪时文、大中臣能宣、清原元辅、源顺。

右出任宫廷女官，侍奉一条天皇的皇后中宫定子①，并深得定子宠爱。在定子死后，她辞去了宫廷女官职务，据说晚年生活十分不幸。

《枕草子》成书于1001年左右，其内容主要描写了作者在出任宫廷女官期间在宫廷中的所见所闻，文章笔触细腻，自由洒脱，不但表现了作者对大自然极其敏锐的感性和独特的审美情趣，而且也体现了作者对人性的洞察和批判精神，是日本古代随笔文学中最杰出的作品。全书由长短不一的三百二十个章段组成，根据其内容可大致分为类聚的章段、日记的章段和随想的章段三个大的部分。

第一部分是类聚的章段，被称为“物尽谣”的章段，即把同一类事物的名字排列起来的形式。分为像“山如何如何”（山は）、“鸟如何如何”（鳥は）这种“什么什么如何如何”（—は）的形式和像“美妙的东西”（うつくしきもの）、“可怕的东西”（すさまじきもの）这种“什么什么东西”（—もの）的两种形式。

第二部分是日记的章段，也叫作日记回想的章段。主要描写以皇后定子为中心的奢华的宫廷生活。描写中没有触及定子生活的不幸，主要是对她的赞美。此外还记述了作者本人、定子与殿上人之间富于机智的对话。

第三部分是随想的章段，也是最具有随笔性质的部分。就像“春天的美在黎明”“夏天的美在夜晚”等，将自然和人事巧妙结合在一起的自由感想。

文章整体飘逸洒脱、简洁明快，对事物的描写既形象生动，又不乏客观和理性，形成了《枕草子》客观、理性、明快、华美的独特文风。虽然也有批评认为表达不够深刻，流于肤浅之嫌，但也正因为如此，才

① 中宫定子：（977—1001）平安时代一条天皇的皇后。元旲中宫，后改称皇后宫。

展现了作者客观、理智的写作风格。基于以上特点，《枕草子》形成了与《源氏物语》的“物哀美”相对应的、被后世称为“情趣美”[①] 的审美理念，也是平安时代一种代表性的审美情趣。下面节选部分章段以飨读者。

（二）作品赏读

1. 春晨曙光

春天的美在黎明。天空渐渐泛白，山脊的棱线在微微泛白的天空下清晰可见，紫色的云霞像霓裳一样拉得长长的，甚是美妙。

夏天的美在夜晚。月亮出来的时候自不必说，即使是黑夜，萤火虫成群地飞舞起来，那一点、两点闪烁的光亮也非常美妙。下雨的时候也非常有情趣。

秋天的美在傍晚。当夕阳接近山巅，几只归巢的乌鹊或三四只或两三只，急急飞翔的样子也是一种风情。如果能看到大雁列队南飞，那渐渐远去、越来越小的阵形，很是让人心动。当落日完全隐没在山后，风的声音、虫鸣的声音，萦绕耳畔，真是妙不可言。

冬天的美在清晨。下雪的景色自不必说，仅是那满地的白霜就已经让人心醉了。假若不是这样的清晨，而是酷寒难耐的时候，则赶忙生起炉火，那抱着木炭行走的样子也有很强的季节感。到了白天，天气渐渐暖和起来，炉子里的火也不知什么时候化成了灰烬，让人有一种淡淡的寂寞感。

2. 女人的生活

没有一点未来的希望，只是成为一个普通的妻子，委身于丈夫，靠着对丈夫那渺茫的出人头地的梦想而生活，每当看到这样的女人，就不由得感到厌恶和无聊。若是有相当背景家庭的子女，我想还是让他们到

---

① 情趣美：《枕草子》中的代表性审美理念，主要包括以下几点：一是瞬间的感动。二是客观的理智的好意的。三是明快华丽。四是赋予理性和批判精神的审美理念。

宫中任职，对世上的事有充分的见闻，即使是做个宫廷女官也是好的。

我很讨厌那样的男人，他们把出任宫廷女官的女子说成是轻薄。但是，仔细一想，这或许也有一定的道理。因为这些女子要抛头露面，整天遇见各色人等，其中包括天皇和皇后，见面说话都要战战兢兢地，还有三品以上的上达部①和殿上人②等高官，以及五品和四品的官员。除此之外，甚至还要和女官们的侍者、从乡下来的使唤人、杂役、打扫厕所的等各种下等人见面打交道。难道男人可以像女人那样不用去见各种人吗？那肯定是不行的，即便是男人，既然是在宫中，和各种人打交道都是一样的。

如果娶做过宫廷女官的女子为妻，可能不被认为是一件优雅的事情。虽然如此，她们被称为宫廷女官，有时被称为大内，能够被派遣参加贺茂祭祀③活动，这对于丈夫来说也是很光彩的。这些人就那样生活在家庭中是最好的。如果成为国司④的妻子，让自己的女儿参加五节⑤活动，出任跳舞的舞姬的时候，即使完全带着乡土气息，也比那些事事都要请教别人的人要显得优雅。

3. 鸡鸣

头弁藤原行正⑥来后宫的御座所⑦给我讲故事，不知不觉已至夜深。

---

① 上达部：日本平安时期三位官品以上的人，以及四位官品的参议。

② 殿上人：允许上清凉殿（平安京皇宫殿舍之一）内殿里间的朝臣。

③ 加茂祭祀：京都加茂神社的例行大祭，指葵祭。

④ 国司：律令制下，由中央派遣到各地诸侯国掌管政务的地方官。

⑤ 五节：一年中五个重要的节日。一般指一月七日的人日、三月三日的上巳、五月五日的端午、七月七日的七夕、九月九日的重阳五个节日。

⑥ 头弁藤原行正（972—1027），平安中期的书法家。伊尹之孙。正二位权大纳言。学习小野道、王羲之书法，创立日本风格的书法，背后是尊为世尊寺流。其笔迹被称为权迹，为日本三迹之一。遗墨有《白氏诗卷》。

⑦ 御座所：天皇或贵人的居室。

“因为明天是主上的斋戒日，我们是不能出来的，如果过了丑时就成明天，就不好办了。”

说完，行正卿急忙回去了。

第二天早晨，行正卿用藏人所[①]的纸屋院纸[②]写了一封信差人送了过来，信中说：

“今晨难忘怀，本想通宵谈旧事，无奈鸡鸣催夜短。”

笔迹隽秀工整，真不愧是行正卿的字，太棒了！我在回信中写道：

“夜里鸡鸣声，莫非孟尝君[③]所为？”

书信一送出，回信很快就来了。

“孟尝君之假鸡鸣，叫开函谷关，救得三千食客命。昨夜之鸡鸣，就是你我相遇的逢坂关[④]啊！”

我又回信写了一首和歌：

夜黑尚未明，闻鸡报晓声。
函谷关易骗，逢坂关难行。

行正卿随即又回了一首和歌：

逢坂非函谷，本是人相逢。

---

① 藏人所：藏人的办公处，位于宫中校书殿的西厢房。藏人指天皇的侍从官。藏人所的官员，掌管机密文书和诉讼的令外官员。后包括掌管天皇饮食起居以及各种仪式和其他宫中事务的官员。

② 纸屋院纸：平安时代曾设置纸屋院，纸屋院纸是一种打草稿用的浅墨色纸。

③ 孟尝君：《史记·孟尝君列传》，春秋战国时期，齐国孟尝君使秦，即将被捕时逃亡，夜半至函谷关，按规定，鸡鸣报晓开关，于是孟尝君让食客中擅于模仿鸡叫者学鸡鸣，顺利逃出函谷关。

④ 逢坂关：位于逢坂山的一处关口。646 年设置。位于东海道和东山道交汇处的要地，是平安京防守的三关之一。795 年废置。

门开有人等，何必待鸡鸣。

我完全被行正卿优美的和歌所折服，实在写不出好的和歌回信了，真愁人啊。

皇后的弟弟僧都[①]隆元恳求我，把最初的信件都要走了，后来的信也都被皇后收了起来。

行成卿说："您的信殿上人全都看到了。"

我说：

"我知道您是真心喜欢我的。如果是好的和歌就应该受到褒奖，可如果不广为人知的话，也是没有价值的。可我呢，又担心别人说我的和歌拙劣，不想让人看到。您和我可都是深思熟虑之人啊！"

行成卿说：

"像这样深懂我心的人真是了不起的人！非寻常之辈啊。我还以为您也会像那些普通女子一样说我是'不懂得怜香惜玉的冷酷人'呢！"

说完，行成卿笑了起来。

"啊，怎么回事呢，叫我说什么才好呢？"

听了我的回答，行成卿说：

"听说您收藏了我的信，那实在是太感谢了！如果让别人看到了我会很尴尬的，今后也想拜托您呢。"

后来，经房中将来了，他说：

"行成卿来我这里，对您大加赞扬，您知道吗？在前几日给我的来信中，讲述了这之前逢坂关的话题，听到别人表扬自己珍视的人我也从心眼里感到高兴呢。"

---

① 僧都：僧纲之一，位于僧正之下，律师之上，统辖僧尼。始为一人，后被分为大、权大、少、权少四个等级。

看到经房中将一本正经的表情，也很有趣。我说：

“我有两件高兴的事。一个是行成卿对我的夸奖，另一个是您最珍视的人中有我。”

听了这话，经房说：

“看您这高兴的样子，好像这些事到现在才知道的啊！”

4. 值得珍惜的东西

世间稀有之事，有被岳父夸奖的女婿、被婆婆夸奖的媳妇、能拔毛的铁公鸡和不说主人坏话的使唤人。

没有一点坏毛病，容貌、心眼、行为做派、为人处世没有一点缺陷的人，或者在同一个地方长期共事的人，相敬如宾，不生丝毫嫌隙，直到最后都能够隐藏自己的本性是不可能的。

在誊写物语和家集的时候，要想不让墨迹掉在原来的本子上是很难的。对于那些特别漂亮的书，虽然千万小心，但还是不免会沾染上。

男女的关系自不必说，即使是女子之间，不管关系多么亲密，要想好到最后也是很难的。

5. 可爱的东西

可爱的东西。

画在王瓜上的婴儿脸。

啾啾地逗喂麻雀幼崽时，扑棱着翅膀飞过来啄食的样子。

一两岁的婴儿，在快速爬行的时候，偶然发现一个很小的碎屑，用稚嫩的小手指捡起来，给周围的大人们看，这是多么可爱啊。

头发披散在肩上，刘海遮住了眼睛，没有用手撩起刘海，而是歪着头，要去看什么的少女，样子着实可爱。

怀里抱着长着一张可爱面庞的幼儿，刚刚哄逗爱抚一下，就以为在自己的怀里睡着了，真是可爱至极。

偶人节的玩具、从池水中捞起的嫩嫩的小荷叶、小小的嫩葵芽……所有小的东西都是那么的可爱。

四、《方丈记》

（一）内容简介

《方丈记》的作者叫鸭长明，生于 1155 年，卒于 1216 年，是下鸭神社神官①的次子，但是，由于没能继承神官之职，五十岁左右出家为僧，法名莲胤。鸭长明跟随俊惠②学习和歌，成为宫廷和歌所的寄人③，他在和歌界非常活跃，经常参加歌会，而且还去镰仓谒见将军源实朝④。除了随笔外，还著有《发心集》⑤ 和歌论《无名抄》⑥。

《方丈记》成书于 1212 年，首先记述了作者在中年之前所经历的火灾、饥荒、瘟疫和地震等天灾人祸，描写了京城和人心的混乱以及对无常人世的慨叹。接下来，作者开始回忆自己的人生，讲述自己不幸的境遇和家世，及至在大原和日野山麓出家结庐而居的整个过程。最后，对自己的隐遁生活产生了疑问，以一种自问自诘的形式收笔。虽然作品通篇贯穿着一种人生无常的思想，但书的内容并非是主张和宣传佛教，而是在抒发难以解脱的人生苦恼和孤独的内心世界。

---

① 神官：指神社的神职，从事神社祭祀仪式或事务的人。

② 俊惠（1113—?），平安末期的僧人、歌人。源俊赖之子。同藤原清辅、藤原俊成齐名，是当时和歌界的中心人物之一。著有《林叶和歌集》。

③ 寄人：平安时代以后，配属于朝廷记录所、和歌所或幕府的政所等机构的职员名称。

④ 源实朝（1192—1219），镰仓幕府第三代将军。源赖朝的次子，源赖家之弟，其母北条政子。1203 年成为将军，但实权由北条氏家族掌握。1218 年任右大臣，第二年正月在鹤冈八幡宫神社前被侄子公晓暗杀。擅长万叶调的和歌，著有私家集《金槐和歌集》。

⑤ 《发心集》：说话集，有三卷本、五卷本、八卷本。于 1215 年左右完成。

⑥ 《无名抄》：和歌理论书，二卷，1212 年前后成书。以随笔形式叙述有关和歌的掌故、歌人的轶闻、创作心得等，是了解鸭长明和歌理论和当时歌坛趋势的好资料。

文章汉文训读相交，采用了排比和比喻等修辞手法，是典型的汉和混合型文章。文章虽短，但富于对比和逻辑性。下面选取其中部分章节进行赏读。

（二）作品赏读

1. 无常之世

如同河中的流水和漩涡中的水泡，世间的生命和房屋也不是一成不变的。在繁华的都市中，鳞次栉比的富人或穷人的房屋很少有和原来一样的。有因火灾重建的，也有大房变成小房的。人也一样，过去住在同一地方的二三十人中，如今也只剩下一两个人了。有早上死去的，也有人傍晚出生的。就如同水中的泡沫，人从生到死，时间很短，为什么为了建造一个短暂的居所而忧喜呢？居住的人和房子不断消失的样子，就如同早晨的花和花瓣上的露珠相继消失一样。

2. 世之不可思议

在从我记事到现在的四十余年里，遇到了各种各样匪夷所思的事情。记得治承元年（1177 年）四月二十八日晚上酉时左右，燃起了大火，火势借着强风从都城的东南一直烧到了西北，朱雀门、太极殿、大学寮、民部省等，一夜之间都化为了灰烬。火源据说是出自樋口富之路的艺人住所，虽然人员幸免于难，但财产全部烧毁了。光是公卿的家就烧了十六家，都城的三分之一都过火了。被烧死者数十人，牛马更是不计其数。在这么危险的都城中建造房屋，既耗费金钱又消耗精力，真是愚蠢至极。

治承四年（1180 年）四月，一股强烈的卷风从中御门和京极大路刮起，吹过六条大路附近，房子不管大小，都被风吹倒了。有的房子整个倒塌了；有的房子只剩下骨架；有的房子被连根拔起，和邻居家的房子倒在了一起。家具和财物都飞了起来，天空上沙尘笼罩，不可视物。风声咆哮着，让人不禁想起传说中地狱里的鬼风，许多人受了伤。我觉得这是一个不祥之兆。

六月，朝廷忽然决定向福原（神户市兵库区的旧称）迁都。从延续了四百余年的平安京迁都，也说不出任何理由，让人摇头叹息。天皇一走，大臣和公卿也要悉数随行。那些祈求仕途，巴结主君者纷纷准备向福原进发。京城里的许多房子都被拆掉，用船顺着淀川运到福原，许多搬走后的院落瞬间变成了田地。

一个偶然的机会，我访问了福原。往北是一个通往山顶的山坡，往南是一片面向大海的坡地。京城用地还没有规划好，土地狭窄，且海风很大。古都眼看着日渐荒凉，而新都福原新建的房屋很少，建设速度也很迟缓。那些平日峨冠博带乘坐牛车的公卿都身着便服骑马而行，都城人的优雅风情丢失殆尽。这一时期，世上混乱，人心不安，当年冬天十一月，都城终于又迁回了平安京。但是，那些被拆毁的房子却很难复原了。

记得是养和元年（1181 年）吧，说不太准了，连续两年粮食歉收，光景非常凄惨。春夏干旱，秋天大风洪水，灾害不断，五谷颗粒无收，农民纷纷抛弃土地，出外逃荒或住进山里。各种祈祷和法事活动也不见收效。因为乡下的物资上不来，所以城里人纷纷变卖家产，但买家极少，即使有人用粮食来交换，但钱轻粮重，路旁到处都是乞丐。到了第二年，疫病流行，人们如竭泽之鱼，看上去很有身份的人倒在行乞途中。饿死在路边的人不断增加，贺茂川的岸边到处都是死尸。有些人走投无路，盗取寺庙的佛像或佛具，当作木柴在集市上变卖。目睹这些悲惨的景象，深感生于这个时代的自己是何其不幸啊。

但是，也见到了令人感动的景象。夫妇之间，都是深爱对方的一方先死；亲子之间，肯定是父母先死。因为他们要把食物留给后面的人，甚至看到婴儿还在吸吮着死去母亲的奶头。

仁和寺有一个叫隆晓法印的和尚，每见到一个死人，都要在其额头上写上一个梵文的“阿”字，帮助他结缘成佛。根据在京城东部地区的调查，仅在四月和五月，死者的数量就达到了四万二千三百余人，如果把时间范围再扩大一些，整个日本的死亡数量就难以计算了。

在闹饥荒的同时，又发生了大地震。山体滑坡掩埋了河流，巨大的海啸从海上涌来，洗劫了陆地。大地开裂，岩浆喷出，巨石破碎滚入谷底，船只被巨浪卷走，马脚被砸断，京都周围的堂舍高塔全部倒塌，地震和房屋倒塌的声音像雷声一样回响，无处可逃。在天灾之中让人感到最可怕的就是地震。余震持续了三个多月，我们常常以为地、水、火、风之中的“地”是不会变的，但这次出乎人们的意料了。传闻这次的地震比起齐衡①年间奈良大佛头掉落的大地震还要厉害。当时，人们似乎意识到了人世的空虚和世事的无常。

总之，人世是难以居住的，人和住所的不可靠正如以上所述，说深一点，根据住所不同，会产生各种各样的烦恼。如果将不足道之身居于权门之宅，则不能够随心表现自己的哀乐，总要小心翼翼地生活；如果将自己的穷困之身居住于富豪之家，则会为自己的穷酸而感到羞耻，妻子嫉妒邻家的心情和邻人瞧不起自己的样子都会让自己为难。还有，如果在闹市建造房屋，又担心火灾；如果住在偏远的地方，又不方便到京城，还要担心盗贼。

这样想来，住在哪里，怎么活下去才好，是很难简单地给出答案的。

3. 对住所的回顾

我一开始继承了祖母的房子，并在那里居住了很久，后来和家人断绝了关系。到了三十岁以后，才建起了真正属于自己的房子。这个房子

---

① 齐衡：文德天皇时代的年号。

只有以前的十分之一大小，有土墙，但没有院门。因为位于贺茂川的岸边，经常担心遭受水灾或被盗抢。在迎来五十岁这一年的春天，我出家隐居在了大原这个地方。五年之后，在自己眼看快到六十的时候，才又建成了能够安度晚年的草庐。这个草庐宽不过方丈，高七尺，地基建在高台上，铺设了防雨的屋顶，房子的梁柱接头用金属铆钉进行固定。家具财物有两车多，移动也很方便。今天搬到了日野山之后，又在房屋东面开辟了三尺多的厢房当作厨房，屋内做了如下布置：在南侧铺上竹席，北侧做了一个放置水和花用于礼佛的供桌，隔着屏风挂上阿弥陀和普贤的画像，前面放上法华经；在东侧铺上干燥的稻草作床铺；在西南侧挂上竹制的吊柜，放上装有和歌、管弦和佛经的三个黑色皮箱，旁边放上随身携带的折叠古筝和分体琵琶。

4. 草庐的周围

在草庐的南面有竹筒，可以引山谷里的水。因为离树林较近，所以容易收集枯枝作燃料。荒草淹没了道路，山谷里有很多树木，西面的天空晴着，很方便专心修行。春天像紫云一样的紫藤花盛开，夏天被称为引路者的杜鹃鸟唱歌，秋天哀诉命短的蝉声不断，冬天飘落惯看人间罪孽生灭的雪花。每日的念佛和读经可以随意，不必担心打破慎独的禁忌。早晨眺望着来往于宇治川的船只轻吟和歌，傍晚弹奏琵琶。还可以乘兴弹奏秋风乐或密曲流泉等。虽然弹奏拙劣，但不必担心被人笑话。

山脚下居住的看山人的儿子时常来草庐。他十岁，我六十，虽然年龄不同，但经常一起采花，摘树上的果实，挖山芋，捡落穗。天气好的时候，可以登上山顶，眺望故乡京都方向的木幡山、伏见和鸟羽村落。有时间还可以沿山而行，造访笠取山、石间寺和石山寺，或者从粟津原出发，参观蝉丸[①]旧迹，渡过田上川去看猿丸大夫[②]之墓。在安静的夜晚看着月亮追思亡友，听着猿声落泪。把萤火虫看成是金松岛上的篝火，听着山鸟的叫声想念父母，或听到猫头鹰恐怖的鸣叫而毛骨悚然，等等。

5. **闲居的感受**

开始住到日野的时候，是想住上一小段时间，没想到一晃已经过了五年。房檐上堆积了很深的枯叶，房屋的地基上长出了苔藓。虽说狭窄，但夜里有寝床，白天有居所。现在的自己在这种闲适中过着无忧无虑的生活，是无比快乐的。世人并非出于必要，而是为了妻子或家人、亲戚或挚友、主君或师父，有时是为了财宝、牛马而建造房屋，而我的草庐只是为自己建的。

虽说是朋友，但受到重视的是富人或热情的人，而那些重情的正直人并不受喜欢。因此还是以管弦和花月为友的好。用使唤人也是很麻烦的，还是把自己的手和脚当使唤人和交通工具好。常散步常活动是最好的健身法。衣食也是一样，穿简陋的紫藤织物，使用麻布的睡衣，用野草和树上的果实维持短暂的生命足矣。自己过去和现在生活的不同就是如此。就像人们所说的“三界唯一心”[③] 一样，只要有一个很好的心态，就没有富贵和贫贱。

我现在从心里喜欢这一间草庐的闲寂生活。就像鱼不厌水，鸟不厌林一样，其好处只有住在这里的人才知道。

---

① 蝉丸：平安前期的歌人。一说是醍醐天皇的第四子。据说住在逢坂山，双目失明，为琵琶高手。作为音乐守护神有许多传说。

② 猿丸大夫：平安前期传说中的歌人，三十六歌仙之一。《古今和歌集》的真名序提及其人。其个人歌集《猿丸大夫集》的大部分是《古今和歌集》《万叶集》中的佚名和歌。

③ 三界唯一心：出自宋朝释印肃（1115—1169）的《李总干遗诗十四句师于一句之下加颂七句·其十三》，全诗为：有人来问我，如何向他道。丧身失命处，世人怕死到。三界唯一心，万法唯心造。不悟生死者，轮回空招报。

6. 黎明的自问

我的一生也要接近尾声了。到现在还要这啊那啊喋喋不休地说什么呢。如果按照佛的教导对什么都不要执着这一点来说，即使是这种对草庐闲居生活的热爱也是对往生和成佛的一种妨碍。在静静的黎明，我思考着这些道理，叩问着自己的心。

“你遁世住到山中，难道不是为了修行佛道吗？然而，一边像维摩诘居士[①]那样住在方丈里，而只不过是一个连朱利盘特[②]的修行都赶不上的愚者，其原因难道是因为前世的因果而导致的今世贫贱吗？或者是虚妄之心导致的狂妄结果呢？”

但是，吾心无以作答。无奈，我只能借吾舌念佛三遍，停止自问。

三、《徒然草》

（一）内容简介

《徒然草》的作者是兼好法师。兼好法师原名叫卜部兼好，生于1283年，卒于1352年，著名随笔家、歌人。因为其祖先世代供职于京都的吉田神社，因此也被称为吉田兼好。兼好年轻时供职于堀川家，后又在朝廷为官，担任后二条天皇执政时的藏人头（主管机密文书和诉讼的官员），但三十岁左右时，出家为僧，动机不明。

《徒然草》成书于1331年，作品从多种角度以新颖敏锐的感觉切入主题，是一部包含对自然、社会和人的认识的优秀随笔著作。文章内容

---

① 维摩诘居士：亦称维摩诘、维摩罗诘等。佛教中的大乘佛教居士，是著名的在家菩萨。这位大菩萨早已成佛，他才智超群，享尽人间富贵，又擅论佛法，深得佛祖尊重，也是诗人王维心中的楷模。

② 朱利盘特：亦称周梨盘陀迦，译中文为“继道”，古印度风俗，母生子当回娘家。其母怀孕时回家，于路途中生子，因继续行走于道路中，故名“继道”。释迦牟尼亦出生于道路之中，但佛是右肋诞生，故是圣人；朱利盘特是产道出生，故现凡夫相。

包括对王朝文化的崇拜，对古代礼仪、官职、法律、事物由来等的考证，还有日常生活中的处世训，以及对自然美的新见解和生死观等问题的思考，可谓包罗万象，异彩纷呈。作者作为一名饱学之士，从现实合理的角度出发，直抒胸臆，展现了其对世界温和而独特的评价。在思想方面以佛教的无常观、老庄的虚无思想和儒教的伦理观为基础，加之其和歌四天王的文学才华，充分表现了作品独特的审美特征和语言魅力。

与生活在动乱年代《方丈记》的作者鸭长明不同，兼好法师生活的时代已经是武家社会，社会相对稳定，因此作品中体现出了较强的时代感。这种特征也在文章中得以展现。文章既有流畅的拟古文体，也有硬朗的汉日混合文体，但整体文风平易近人，简洁明快，读来脍炙人口。全书由二百四十四段构成，是江户时期的修身必读书。

（二）作品赏读

1. 贫与富

生活简朴，不奢侈，不收藏金银，不忙碌，这样的生活是最理想的。自古以来，被称作贤人者几乎没有人去积蓄财富。

在中国，有一个叫许由①的人，他身无一物，就连喝水都用手捧着喝。有人觉着他可怜，就送给他一个水瓢。他把水瓢挂在树上，被风一吹咔咔作响，他说吵得慌，就把水瓢扔掉了，仍像原来一样用手捧水喝。还有一个叫孙晨②的中国人，在严冬的深夜没有被子，就把一捆稻草铺上当被子。

为了追求地位和飞黄腾达，或者为了财富和金钱，终日忙碌，不得闲暇，一生不停地辛苦劳作，这是多么愚蠢的事情啊！财富越多，被人

---

① 许由：传说尧时人物，又作鲧，中国有“许由弃瓢”的故事。

② 孙晨：中国史籍《三辅决录》中有关于孙晨的记录：“冬月无被，有蒿一束，莫卧其中，旦收之。”

盯上和纠缠的危险就越高，受到的危害也就会越多。人死以后，即使积累的财富能够摞到北斗七星那么高，又有什么用呢。豪车也好、镶满金银宝石的豪华装饰也好，在有心之人的眼里来看，不过是荒唐愚蠢、无聊低俗之事。赶紧把黄金弃于山上，将宝石投入河中。

有一位高僧说过一句话：祈求极乐往生的人连一个酱瓶子都不能私藏，你可持有佛经或佛像，但最好不要持有奢侈品。

把那些做无益的事或浪费时间的人叫愚人，或叫做错事的人。对于人，无论如何都不可或缺的东西，第一是吃的，第二是穿的，第三是房子。不挨饿，不受冻，不受风雨之侵，能够安闲度日，这才是快乐。不过，人会生病，一旦生病，就会痛苦、难受。因此，不能没有医疗。吃、穿、住，再加上医药，不能把这四个问题解决，就是“贫”。而能解决这四个问题，就是“富”。追求这四个以上的东西，就是“奢侈”。

2. 命与老

徒野（京都嵯峨野，古代是火葬场）之露，见朝阳则消失；鸟边山（京都清水寺附近，古代是火葬场）焚尸之烟，转瞬就化为乌有。如果这些露水和烟怎么也不消失，在那里永久不变，那么这个世上会怎样呢？正因为所有的事物都在变化、衰败、转移，所以才是有趣的。大约在生命当中，像人这样长命的东西不多。蜻蜓不待日暮就寿终，即使是夏蝉，也是不知春秋就会死掉。在一年之中，即使什么都不做，只是从容地度过，就可以算是悠闲的人生了。人终有一死，假若有这样的定数，又何必在这个世上，让人看着老丑的样子继续生存呢，你究竟要做什么呢？寿命长耻辱也会多。假使我能够长寿，也希望在四十岁之前就死去。

过了四十岁的人，在人前到处说些男人的事、女人的事，别人的事等隐私的话题，并以此为乐。这非常可耻，不堪入耳。大概难听、难看的就是老人站在年轻人当中，为了引起年轻人的兴趣而拼命讲话的样子，那真是不堪入目。

清闲寺的僧人中，有一个被叫作“某某律师”的和尚。有一天，他拿来镜子，对着自己的脸一照，发现自己的脸过于丑陋，衰老得不堪入目。自那以后，他就再也不照镜子了，也不与人交往，整天把自己关在屋子里。他真是一个了不起的人啊！意识不到自己的容姿变丑了，意识不到自己的心变得愚笨了，意识不到自己的能力下降了，意识不到自己的年纪大了，意识不到死期将至了，糊里糊涂地活着。这并不是说让我们容姿变美，年龄变小，如若知道了自己的丑陋和无用，为什么不立即赋闲生活呢？以丑陋的外形和愚笨的心与人交往，摇晃着雪白的头发，混迹于年轻人当中，心里奢望这个或那个，这是因为欲望过于强烈。欲望之心不能沉静下来，是因为不知道“死”正在靠近自己的身边。

有一位在某一方面非常了不起的老人，人们说如果他死了，这方面的事问谁好呢？这种情况下，好像让人看到了“老”的价值，会认为长寿很好。但是，不管活到多大，你擅长的方面如果一点也不见衰退，就会让人说“这个人一辈子只会这点东西”，真窝囊啊！

在被问到什么的时候，还不如回答说：“哎，那些现在我都忘了……”这样更好。

3. 花与月

难道赏花只有在花儿盛开的时候，赏月只有在万里无云的月圆之时吗？在雨夜里思慕着云层后面月亮的样子，宅在家里想象着春将老去，这不是也很有情趣吗？即将盛开的樱花，或花期已过时洒满花瓣的庭院，才是值得欣赏的。看到樱花凋谢，明月西斜，而心生惋惜之意，是人之常情，但是，那些不解风情的人，好像就会说：“这枝那枝都落了，现在没什么可看了。”

那么，花和月仅仅只是用眼睛看的东西吗？春天即使不出门，月夜即使宅在家里，对花和月展开想象，也应该是一件很愉悦的事情。有情趣的人，即使是看，也是浅看。想那些没有品位、不懂风情的人会执着地、肆无忌惮地看。凑到樱花树的近前，目无旁人，执拗地去看。不仅如此，他们喝酒，大声吟诵和歌，最后还要咔吧一声折断树枝。如果有泉水，他们会把手和脚伸入其中；如果下雪，他们会站在上面，踩着自己的足迹来回转圈。他们对所有的事物，都不会保持一定距离，静静欣赏。

无论有什么烦恼，一看到月亮，心都会得到安慰。如果某个人说“没有比月亮更令人叫绝的了”，而另一个人则会争辩说“露珠才是最好的”，真是一个奢华的争论啊！随时随地，任何东西都会成为令人感叹的东西。月亮和樱花自不必说，有些人常常会为风而感动，也有人看到清水流过岩石而心情爽快的。离开都市，漫步于水清草美之处，心灵会被拯救，变得开朗起来。

4. 女人与酒

世上迷惑人心的东西没有超过色欲的了。人心这个东西是愚蠢的。虽然知道气味等东西是表面的空的东西，但绝妙的气味还是会让人动心。从前，有一个能在天上飞的叫作久米仙人①的人，他看到下界的女人正在水中洗着白皙的脚，一下子昏厥过去失去了神通。看到女人美丽而丰满的手、足和肌肤，谁都会昏厥吧。

女人的头发之美是最引人注目的。某人的人品和气质等，只要一听她说话的声音，即便是隔着东西也能想象出来。不管怎样，真正懂得和珍惜恋爱之道的人是能够忍受焦虑、烦恼的。人世间欲望很多，但只有情欲是让人不能作罢的。无论是贤人、愚人，还是老人或年轻人，在情

① 久米仙人：日本传说中的人物，隐居在大和国吉野郡龙门寺，得道成仙，但飞行中看到在吉野川岸边洗衣少女的白净的脚而丧失神通坠地。

欲这一点上都是一样的。因此，当用女人的头发编制的缰绳拴住的时候，大象也会变得老实起来；用女人穿过的木屐做的笛子，它的声音可以把梅花鹿吸引过来。人生中最应该小心的是男女之间的这种情欲之道。

在世上，有很多事无论如何都难以理解。劝酒的人利用所有的机会劝你饮酒，“喝一杯吧”，硬让你喝，然后以此为乐。这一点就不好让人理解。被劝酒的人，愁眉苦脸，有时会乘人不备，把酒倒掉悄悄溜走。当然，也有被人抓回来的，只好硬着头皮把酒喝下去。结果本来很端正的人突然变得愚蠢混账，平时健康结实的人也会瞬间像病人一样，烂醉如泥。在欢庆日子的第二天，直到早上醒来，头还嗡嗡地疼，什么也不能吃，只是呜呜地呕吐呻吟，昨天夜里的事竟然不像自己做的一样。作为正派、文雅而受到尊敬的人，一旦喝了酒，也会哈哈大笑，叽哩哇啦地乱说，头上的礼帽歪了，衣服的纽扣脱落了，裙服的下摆掀了起来，一副衣冠不整的样子，让人觉着和平时判若两人。女子也是一样，头发凌乱，不停地用手撩弄，完全忘记了羞耻，觍着脸狂笑。有的人将头倚在端着杯子的手上，另一只手抓起眼前的下酒菜，硬往别人嘴里塞，同时也往自己嘴里送。真是惨不忍睹的景象啊。有的人扯开喉咙，又唱又跳，一名年长的和尚被叫到人群当中，裸露着脏兮兮的肩膀，跳着裸舞。跳舞的人自不必说，还有在一旁拍手大叫的人。看到这种景象，真让人厌恶至极。上座的人在对着下座的人说，下座的人在哭，最后又吵闹起来，互相争夺。有从台阶上滚下来的，也有从车马上跌落下来受伤的。被小僧搀扶着，跌跌撞撞往回走的老僧大声喊着，反胃呕吐。虽说“酒是百药之长”，但也是“万病之因”。

5. **闲**

无所事事，人们为什么不喜欢闲得无聊的时间呢？不用这啊那啊忙得劳心费神，一个人悠闲地待着才是最大的幸福。混迹于世间，就会杂事缠身，与他人交往，就会在乎别人对自己的看法，不能安静悠然地度日。刚刚与人交欢，马上又争吵，心里抱着深深的怨恨，忽而又欢喜起来。胡思乱想，考虑利害的心没有一刻休息。在迷茫中醉酒，在沉醉中做梦。即使现在不懂得佛陀悟道的世界，只要离开世俗，抛却杂事，让身体闲下来，安心度日就是真正地享受人生了。

在《摩诃止观》[①] 这部书上这样写着："生活、人事、技能、学问、一切都停止吧。"

① 《摩诃止观》：十卷。594 年隋朝智顗口述，灌顶笔录。天台宗进行基本修行的止观，在系统地记述冥想法的同时，阐明了终极世界观。

第六章　说话文学

第一节　说话文学概论

“说话”是日本古典文学作品的一种形式。广义上讲，它是民间流传的物语、神话、传说、童话等文学形式的总称；狭义上讲，是相对于物语等古代小说之外民间流传的故事，即在人们身边发生的有趣的小故事。“说话”译成中文，也可以称为民间故事。在这里，我们保留日本“说话”这一说法。

说话在文字产生之前的口头文学时代就已经存在，在《古事记》① 和《日本书纪》② 中可以看到其原型。到了奈良时代后期，佛教开始在百姓中推广开来。为了让普通百姓理解和信仰佛教，兴起了讲述高僧事迹和各种出家故事的佛教说话。在平安时代初期，编辑而成了日本最早

---

① 《古事记》：三卷。712 年成书。据其序言，太安万麻侣在天武天皇死后，奉元明天皇之命，将天武天皇让稗田麻侣诵习的《帝纪》《旧辞》撰录而成。其上卷是神话，中卷是从神武天皇到应神天皇的故事，下卷则是仁德天皇到推古天皇间的记事。

② 《日本书纪》：仿效中国的正史《汉书》《后汉书》等撰写，是日本最早的敕撰史书，为日本六国史的第一部，三十卷，720 年成书，由舍人亲王等撰写。用汉文、编年体方式记述了日本神代至持统天皇的历史。

的佛教说话集《日本灵异记》，接下来还有《三宝绘词》[①] 和《打闻集》[②]。

据推测，《日本灵异记》成书于平安时代初期，三卷，由景戒[③]编撰。其正式名称为《日本国现报善恶灵异记》，是日本最早的佛教说话集，收集了自佛教传入日本以后进行传教活动的故事。其思想基调是因果报应。其中由景戒收集的奈良时代的故事居多，可以从中了解当时人们的思维方式和生活习惯。

到了平安时代后期，当以《源氏物语》为首的物语文学走向衰退的时候，贵族阶层也开始将注意力转向平民百姓的生活。在百姓中流传的说话被称作民间说话（世俗说话），与佛教说话一样，语句朴实，展现出了物语文学中所没有的人的活生生的姿态。《今昔物语集》是这一时期说话文学的代表。

从平安时代到镰仓时代，可以说是说话文学的黄金时代。大量的说话被收入文学作品中，新的说话集不断产生。比如《古事谈》[④]《宇治拾遗物语》《十训抄》《古今著问集》[⑤] 等民间说话集，还有反映高涨的宗教意识的佛教说话集，通过僧侣和隐居者讲述的形式述说出家人的生活和神佛的灵验，教人从迷惘和丑陋中解脱出来。

《十训抄》，三卷，1252 年成书。编者为菅原为长，也有六波罗二葛左卫门入道之说。共分为十篇，围绕着这十篇教训，收录了包括中国故

---

① 《三宝绘词》：三卷，源为宪编，984 年成书。通过故事性的讲解，简明易懂地阐述佛教思想。

② 《打问集》：现仅存下卷，作者不详，1134 年以前成书。收录了印度、中国、日本三国有关佛教的灵验故事二十七则。

③ 景戒：日本平安时代前期法相宗的僧人。生卒年不详。

④ 《古事谈》：六卷，源显兼编，1212—1215 年间完成。收录了许多宫廷、贵族、僧侣的故事。

⑤ 《古今著问集》：二十卷，橘成季编，1254 年成书。后增补部分内容。按神祇、释教、政道、公事等分为三十编。

事在内的二百八十余篇说话。它以对青少年的启蒙教育作为基本，是日本后世必备的为人处世之道。

作为中世时期的佛教说话集，先是有平康赖编写的《宝物集》①，接下来有鸭长明晚年追究人心弱点的《发心集》和记录假托西行的一位僧人见闻的《撰集抄》②。到了镰仓后期，在地方上也出现了一些反映民间传承和百姓生活的说话集，主要有无住的《沙石集》③ 和室町时代的《神道集》④ 等。

第二节　作品赏析

一、《今昔物语集》

（一）内容简介

《今昔物语集》大约成书于十二世纪前半叶，在三十一卷（现存二十八卷）中收录了一千多个故事，包括天竺（印度）、震旦（中国）和本朝（日本）三个部分。这些故事大致可以分为佛教故事和民间故事两种，其中民间故事更为丰富多彩。有描写强盗、杀人和诈骗等故事的“恶行”卷，有描写因果报应故事的“宿报”卷，还有讲述鬼怪精灵故事的“灵鬼”卷。书中将百姓、武士、盗贼等各色人等乃至鬼、狐、蛇等鬼怪动

---

① 《宝物集》：平康赖著，日本镰仓前期的佛教说话集。1179 年左右成书。后人多有增补，以座谈的形式阐述佛法是至尊之宝的道理。

② 《撰集抄》：九卷，编者不详，1250 年前后成书。共收集神佛的灵验、发愿谭、遁世谭一百多个故事。

③ 《沙石集》：十卷，无住著，1283 年成书。后又经过文字加工。

④ 《神道集》：十卷，于日本南北朝时期完成。传说为京都安居院圣觉著，是记述日本各藩国神社由来的说话集。

物用交织着汉字的简洁文体生动形象地描写出来。该书也是日本中世汉和混交文的先驱。

《今昔物语集》对近代的文学创作产生了很大影响。像芥川龙之介[①]的短篇小说《罗生门》《鼻子》《芋粥》和谷崎润一郎[②]的《少将滋干的母亲》等许多近代的文学作品都取材于《今昔物语集》。

（二）作品赏读

1. 卵生的五百个王子

“会有这种事吗?”

半遮罗国的国王感到很愕然。王后也刚刚昏迷过去。原来，王后怀孕后竟然生下了五百个卵。王后左思右想，没有办法，只好将卵放入一个小箱子中，悄悄地扔到了恒河水中。

恰在此时，正在狩猎的邻国国王发现水面上漂着的小箱子，于是将其打捞上来，带回了自己的城堡。奇怪的是，过了几日，从这些卵中接连不断地生出了许多男婴。见此情景，至今没有子嗣的国王非常惊喜。他将这些男婴当作自己的孩子一样悉心养育起来。后来，这五百名王子成长为国内无可匹敌的勇武青年。

这个邻国从很早以前就与半遮罗国是敌对关系。国王想利用勇敢强悍的王子们的力量打败宿敌，于是向半遮罗国发出战书，远征军很快就包围了半遮罗国的都城。

“不要惊慌!”

看到在强敌面前心惊胆战的半遮罗国王，王后语气坚定地鼓励他说。

---

① 芥川龙之介（1892—1927），著名小说家。生于东京。别号澄江堂主人、我鬼等。著有《罗生门》《鼻》《芋粥》《地狱变》等。

② 谷崎润一郎（1886—1965），著名小说家。生于东京。著有《刺青》《痴人的爱》《春琴抄》《细雪》等。

“敌人的五百个王子，其实就是我生的五百个卵，一看到母亲，孩子们的凶恶之心会改变的。”

王后登上高楼，对五百名王子喊话道：

“你们是我的孩子。过去我生了你们，但因为恐惧，把你们扔到了恒河里。邻国国王在河里捡到并养育的卵，就是你们。可是，你们为什么要犯这种杀害亲生父母的大罪啊。你们不相信我的话吗？如果是那样，你们冲着我把嘴张开。”

说完，王后开始揉搓乳房，只见白色的乳汁喷出一条条直线，同时飞进了五百个王子的口中。

“母亲……”

知道自己的亲生母亲后，王子们已经不能再战斗了。其后，两国和睦，成了友好邻邦。

2. 偷盗佛像的圣人

有一名男子沿着丝绸之路疾步向中国方向走着。男子的名字叫鸠摩罗焰。他背上背着的是释迦牟尼在世时制作的世界上最早的佛像。作为圣人的鸠摩罗焰将这么珍贵的东西偷出来，是因为他有一个远大抱负。

“在印度，佛的教义已经广为流传，使人们都获得了幸福，但是，中国怎么样呢？那里的人们还不知道佛法，人心还封闭在幽暗之中，我无论如何也要将佛像运到中国，在那里弘扬佛法。”

为了甩开追捕者，鸠摩昼夜兼程，勇闯难关，他的行为终于感动了佛心。佛可怜鸠摩，白天鸠摩背着佛像走，晚上则佛背着鸠摩，他们一路前行。

就这样，鸠摩来到位于中国和印度交界处能尊王管辖的地盘。能尊王见到鸠摩，心想：

“真是了不起的志向啊！可是，这个人年纪太大了，中国路途遥远，恐怕壮志难酬啊。不如让这个人和自己的女儿结婚，这样就可以把他的宏愿托付给将来出生的孩子了。”

国王立即把自己的想法对鸠摩说了。

鸠摩回答说：

“那可不行，我是出家之身。”

看到鸠摩面露难色，国王哭着说道：

“圣僧啊，您的夙愿虽然令人钦佩，而您却是一个无可救药的愚者啊，即使犯破戒之罪，身陷地狱，能够将佛法传播到远方，这不正是菩萨之道吗？只考虑自己的事并非菩萨之道啊！”

鸠摩听了国王的话，竟然没有理由拒绝。

但是，实际上，国王自身也很为难。因为国王的女儿美若天仙，国王十分喜欢自己的宝贝女儿。可是，想到一切都是为了弘扬佛法，他还是含着眼泪，把女儿嫁给了鸠摩。

可是，二人结婚后，很长时间也没有怀孕，国王担心地问女儿：

“圣僧晚上跟你过得怎么样？”

“每到睡觉的时候，他总是在念咒语。”

“下次，你捂住他的嘴，试着不让他念了。”

女儿按照国王说的去做了，果然，她怀孕了。原来鸠摩虽然结了婚，但他不沉溺于情欲，每当行夫妻之事的时候，他就念经向佛祈祷，所以至今没能怀孕。

不久，鸠摩罗焰死了。国王的女儿生了一名男婴，取名鸠摩罗什。鸠摩罗什继承父亲遗志，将佛像带到了中国。全中国的人都礼拜这尊佛像，鸠摩罗什也留在了中国，把《法华经》以及很多的经典翻译过来，留存于世。

3．蚯蚓汤

这是发生在中国隋朝大业年间（605—618）的一件事。在河南地区有一名男子，他把离婚的妻子送回了娘家。可是，当娘家人出门看到女子的时候，都吓得说不出话来。原来男子带来的是一个犬头人身的怪物。

“这究竟是怎么回事？”

家里人感到非常奇怪，于是，男子开始对娘家人讲述事情的经过。

原来，男人的妻子从一开始就不愿意伺候婆婆。有一天，婆婆眼睛瞎了，妻子很高兴，故意将蚯蚓切碎，做成蚯蚓汤让婆婆喝。

“味道好奇怪啊！”

婆婆感觉汤的味道不对，于是悄悄地将肉藏起来，回头让儿子看了。儿子非常生气，立即和妻子离了婚。

就这样，男子才把离婚的妻子送回娘家。可是，走在路上的时候，天上突然响起惊雷，妻子一下子不见了。过了一会儿，从空中掉下了个奇怪的东西。男子上前一看，发现衣服和身体都是妻子的，可头却变成了白色的狗头，而且不会说话，只能像狗一样叫。不过，对男子的问话却能听懂并回答。

“我就是那个不孝顺的儿媳，因为让婆婆喝了蚯蚓汤，所以遭到了天罚。”

男子把这个女人送回娘家后，这个女人靠在街上行乞为生。但是过了一段时间，她就失踪了。

4．阎王殿的男人

身患重病而亡的西三条大臣藤原良相，在死后却经历了一次奇怪的体验。

他被阎王殿的小鬼捉住，被带到阎王殿接受审判。没想到在阎王的属下当中，有一位是他的熟人。这个人就是和自己同朝为臣的宰相小野篁①。小野篁对阎王说：

“这位日本大臣，是一位善良仁慈的人。我恳请免去他这次的罪过。”

“这不好办啊。不过，既然你这样说了，就免了吧。”

听阎王这样回答，小野篁命令小鬼说：

“赶快把他带回去吧！”

于是，藤原良相又苏醒过来了。

之后，藤原良相病愈，再次为官。只是关于自己去阴曹地府的事，滕原良相虽然一直放心不下，但对谁也没有说过。

过了几个月，藤原良相和小野篁在宫中偶然相遇，见周围没人，他突然就这事问起小野篁。小野篁边笑边说：

“从前，当我还是学生的时候，被朝廷问过一次罪，当时做宰相的您好像保护了我。我特别高兴，这只是一种报答，请一定要保密啊！”

最后他又强调说：

“这是谁也不能知道的秘密！”

听了这话，藤原良相想：真可怕啊。小野篁可不是一般的人啊，他是阎王的手下。可话又说回来，他对人还是很有感情的。

小野篁作为阎王的属下，来往于阴阳两世之间。很快，这件事就自然为人所知了。

5. 神秘的女强盗

这是在某天傍晚发生的一件事。一个年纪三十左右、个子高高的、长着红色胡须的武士正在街上行走的时候，忽然听到了啾啾的声音。那不是老鼠的声音，而是街旁一个女子在向他招手。

---

① 小野篁（802—852），平安前期的学者、歌人、汉诗人，通称野宰相、野相公。与清原夏野等合撰《令义解》。据说性格刚直，言行坦率。

“你是在叫我吗?”

“我有话跟您说，请过来一下。”

他抬头一看，是一位二十出头、干净利索的漂亮女子。从女子脸上的笑容看得出来，她分明是在向自己表达爱意。武士被领到了宅子的深处。男子在一无所知的情况下，稀里糊涂地就和这个女子好上了。

深夜，正当二人躺着的时候，有几名男女送来了两份食物。在这个宅子里，除了这名女子之外并没有发现别人啊。男子觉得很奇怪，于是来到门外进行查看，心想：我进来之后一次也没有出去过，这些人怎么会知道送来食物呢?

晚饭后，二人又躺下睡了。第二天早晨，又有几个与昨晚不同的人进来打扫卫生，并准备好早饭和午饭，然后就出去了。

这样的日子一天天继续着。在这期间，每当男子外出的时候，女子就为他准备好干净漂亮的衣服、骏马和聪明伶俐的侍者。

二十多天之后，女子突然对男子说：

“虽然是一种偶然，但我们的相遇似乎也是命中注定的。因此，即使是豁出性命，你都会听我的吧。”

“无论死活我都听你的!”

“我非常高兴!”

当天晚上，女子将男子带到一个很深的宅院，将他绑在刑具上，露出脊背。然后自己戴上帽子，穿上便服，俨然就像男子的打扮一样，然后赤膊露肩，用鞭子在男子背上抽打了八十次。女子问道：

“怎么样?”

“没事。”

“果然厉害。”

在其后的三天里，女子对男人悉心照料，等男子伤好后再用鞭子抽打。等休息几天之后，这次又开始抽打腹部。

“这个受得了吗?”

“还不够劲。”

“厉害，果真是厉害!

过了一些时日，男子的伤好了。一个傍晚，女子让他穿上夜行衣，带好弓箭，对他说：

“现在要你去某个地方，听某个人指挥，在那个人说的地方放哨，防止有人来捣乱，至于之后的所得分配，你绝对不能要，记住了吗?”

男子到达了女子指定的地点，等待他的是一个有四五十人的盗窃团伙。站在队列之外的是一个肤色白皙的小个子男人，好像是他们的头领。

这名男子随着众人一起闯入京城的一个大户人家，他奋勇当先，斩杀了敌人。最后，他按照女子事先吩咐的那样，没有领取赃物。首领对男子产生了好感。

回来后，女子给男子准备好了洗澡水和食物。洗完澡，吃完饭，二人就睡了。因为男子从心底喜欢这名女子，所以对于当盗贼的事也没有后悔。后来，男子在盗贼团伙中的表现更加突出。不久，女人安排他来管理自己的财产。

时间过了一两年，某一天，女子突然伤心地哭起来。

“你这样哭泣，很少见呢。”

“我这么爱你，可一想到不得不和你分别，就非常伤心!”

“你瞎想什么呢?”

“在无常的世间，分别也是不可避免的啊!”

当时，男子并没有太在意女子说的话。但是，当男子某一天因事出门的时候，奇怪的事情出现了。在他办事的地方，侍从和坐骑突然失踪了。

男子急忙回到家里，不禁大吃一惊，原来的房舍都不见了。他来到女子托他保管的仓库，一看仓库也消失得无影无踪。这时候，男子才回忆起原先女子对他说过的话。

男子已经回不到原来的样子了，他寄宿在朋友家里，但改不了偷盗的习性，很快就被逮捕了。

那名女子究竟是谁呢？为什么突然悄无声息地消失了呢？一个个谜团，至今也无从知道。

但是，有一件事情总让男子感到蹊跷，就是盗贼团伙的首领。在黑暗中，那张被火光映照的脸，似乎在哪里见过，总觉着有点像这名女子。

三、《宇治拾遗物语集》

（一）内容简介

《宇治拾遗物语集》成书于镰仓幕府时代初期，作者不详，它和《今昔物语集》一起被称为日本“说话文学”的双璧。它包括说话二百篇，主人公有帝王、圣人、盗贼、假僧人，甚至还有鬼和动物变成的妖怪等，内容以怪异故事为主，形式丰富多彩，文风朴实沉稳，表达了编者对人的浓厚兴趣和对人性的包容精神。像《鬼取瘤》这样的故事在日本都是家喻户晓的。

（二）作品赏读

1. 侍从家纲行纲兄弟的相互试探

事情发生在堀河天皇时代。在内侍所举行的御神乐[①]之夜，侍从（从事演奏神乐，偶尔也进行滑稽表演的乐人）家纲和行纲兄弟俩被命令表演他们的拿手戏。

---

① 御神乐：为祭神演奏的舞乐。自平安时代起在日本宫廷里演奏。

当时正值寒冬腊月，哥哥家纲想不出表演什么节目好，于是来找弟弟商量。家纲对弟弟行纲说：

“因为到时候院子里会燃起明亮的篝火，我把裙摆高高撩起，露出小腿，然后一边嘴里唱‘深啊深啊夜已深，冷啊冷啊天更冷，当啷当啷蛋当啷，烤啊烤啊烤蛋忙’，一边围着篝火跑三圈，你看怎么样？”

行纲听完回答说：

“这个虽然很有意思，但在天皇面前露出小腿，嘴里喊着烤蛋，这样不好吧。”

哥哥家纲说：

“那倒也是，多亏了跟你商量了一下。”

到了表演的那天晚上，家纲取消了这个节目。因为他的表演没有意思，让大家都很失望。

家纲表演完，轮到行纲出场了。天气很冷，但行纲却把裙摆撩到腿根，故意露出大腿，然后一边装作冻得发抖的样子一边用颤抖的声音说“深啊深啊夜已深，冷啊冷啊天更冷，当啷当啷蛋当啷，烤啊烤啊烤蛋忙”，一边围着篝火连跑了十圈。他的表演赢得了满堂喝彩。

看完他的表演，哥哥家纲心里很不高兴。为此，兄弟之间长期不睦。但是总这样下去也不行，有一天，他们终于和好了。

这年十一月，在贺茂神社的临时祭祀之后，宫廷里上演御神乐节目。这时，弟弟行纲对哥哥家纲说：

“当我被呼叫的时候，我会靠近竹台旁边弄出沙沙的响声，听到响声你就说：‘那是什么在响啊？’我就说：‘是竹豹，是竹豹。’然后，我就扮作竹豹的样子爬出来。”

“知道了。”家纲答应道。

等到二人演出的时候，行纲照事先约定趴在竹台旁等候，等哥哥问“那是什么在响啊?”但哥哥却违背约定，问了句：“那是什么竹豹啊?”他把弟弟行纲要说的答案提前说出去了，结果让行纲完全下不了台。

这件事很快就传到天皇的耳朵里了，反而让天皇觉着很有意思。据说这是行纲对上次“烤蛋”事件的报复。

2. 非亲生儿子的遮羞

有一名老武士对佛起誓说自己“不撒谎”。

坊间传言他侍奉的老主人之子并非老主人的亲生儿子，而老主人的儿子却自称是亲生的。

在老主人死后，这位常年供职的老武士就和妻子一起隐居到了乡下。后来，妻子去世，老武士又回到了京城。

由于生活贫困，老武士走投无路，无奈又来到了已故的老主人家。他听人说那个自称是老主人亲生儿子的人，已经成了家里的新主人，于是就提出了见面的请求。很快，新主人答应了他的请求，老武士心中暗喜：“太好了!”他来到会客室，一边等候新主人的接见，一边环顾周围，见房中的陈设和原来一模一样。

不一会儿，会客厅里面的隔扇门打开了，出来的是那个自称老主人亲生儿子的新主人。一见到这个新主人，老武士就呜呜地哭了起来。

新主人吃惊地问：

“你为什么那么伤心啊?”

老武士回答说：

“因为看到您和老主人长得非常像，故而忍不住……”

听了这话，新主人心想：是的，我也觉得自己很像死去的父亲呢，可世间偏偏说我不是他的亲生儿子，真奇怪！于是他用好话安慰老武士道：

“因为我小时候一直住在外祖母家，所以老主人的长相我记不清楚了。今后，我就把你想成是自己的老父亲吧，拜托了。”

于是，新主人赏赐给老武士漂亮的衣装，并让他住在了家里。

要是一个年轻人自己这样说，或许人们不会轻易相信，但如今一个常年侍奉已故老主人的人说自己“很像”，这岂不是太好了。新主人因此内心非常欢喜。

于是，有一天，新主人把那些怀疑自己身份的人都叫到家里来，想让这名老武士当众证实一下自己的身份。酒席宴间，当大家酒兴正浓的时候，他把老武士叫了进来。

老武士按照新主人吩咐的那样，把自己从十三岁到五十岁，一直侍奉在老主人身边的事都说了。这时候新主人问：

“前几天叫你进来的时候，我从隔扇门里一出来，你一见面就呜呜地哭起来，那是为什么呢？”

老武士回答说：

“因为我想再看一眼主人去世后的样子，所以就来到了这里，而且很快得到了您的恩准。我一抬头，因为先看到的是一顶黑色的帽子从里面出来了，心想去世的老主人以前从里面出来的时候，也是先看到一顶黑色的帽子，所以就忍不住流出了眼泪。”

在座的众人都冷笑了起来，新主人变了脸色，慌忙问道：

“我哪里像去世的老主人呢？”

老武士回答道：

“除那顶帽子之外，相似的地方一点也没有。”

在场的人都暗自窃笑，一个个悄悄走掉了。

只因为老武士发过誓“不撒谎”。只可惜好不容易刚刚到手的好差事，一下子就丢掉了。

3. 日藏上人撞鬼

从前，日藏上人[①]在吉野深山中修行的时候，遇到了鬼。这个鬼身高两米多，身体呈甘蓝色，红发，腆肚，露着一根一根的肋骨，腿很细。

鬼一边呜呜哭着一边对上人说：

“我是四五百年以前的人，因为怨恨人而变成了鬼。我杀了自己怨恨的人，而且把他的儿子、孙子、曾孙、玄孙都杀光了，现在没有可杀的了。我想找到他们转世的地方继续追杀，可找不到地方，没办法追杀，但是我心中怨恨的火焰却不能熄灭。敌人的子孙虽然灭绝了，但只有我一个人还在被怨恨的火焰灼烧着。如果不是起了这样的怨恨之心，我早已经升上了极乐世界或天堂，可我现在却承受着永劫不复的痛苦折磨。对他人的怨恨会反过来报应在自己身上。敌人的子孙已经绝迹了，可我的命却没有尽头，我要是早知道这样，也就不会怨恨了。”

就在鬼说话的时候，他的头顶还冒着怨恨的火焰。不久，鬼就消失在了深山里。

日藏上人觉着这个鬼很可怜，为了消除鬼的罪孽，进行了各种各样的回向[②]。

4. 东北院菩提法会的高僧

在东北院菩提法会讲法的高僧，是一个曾经进过七次监狱的恶人。就在他在第七次进监狱的时候，几个官职卑微的差役聚集在一起，商议说：

“即使是进一两次监狱的人也不会是好人，更何况是进了七次的人，这个大恶人，是不可救药的。这次我们把他的脚砍断吧。”

---

① 原名道贤，天庆四年（941 年）八月一日，在断食念佛中猝死。据说同年八月十三日复活，在冥界遇到了菅原道真和醍醐天皇。

② 回向：佛教用语，在这里指为祈祷死者成佛而进行供养。

这时候，有一个相面的人从旁边经过，对这些差役们说：

“请赦免这个人吧。这个人的面相是一个必定要去往极乐世界的人。”

大家听了这话，都认为他是在胡说八道，于是就准备砍罪犯的脚。

可是，那位相面者却坐在罪犯的脚上大声喊叫：

“我要用自己的脚换盗贼的脚，你们砍我的吧。我不能眼看着你们把一个具有往生[①]者面相的人的脚砍掉。”

差役们做不出决断，于是报告给了检非违使[②]。

检非违使向上级进行了请示报告，上级指示进行“赦免”。当时，这个盗贼起了善念，出家了。后来，这名盗贼成了一位了不起的高僧，而且开始举办菩提法会。正如相面者所料，他实现了完美的往生。

5. 曾经做过盗贼的保辅

从前，有一个名叫保辅的人，他是丹后国（现京都府的北部）太守的弟弟，曾经是兵衙尉的五品官员，现在是盗贼的头领，家住姉小路南，高仓的东面。

他在自家后院建了一个仓库，挖得像井一样深。他总是把那些刀、马鞍、铠甲、绢布等的卖家叫到家里来，说按卖家所说的价钱将物品买下，让手下人把卖家带到后院的仓库去领钱。因为卖家想去拿钱，就跟着进去了。等进了仓库里，卖家就被推进深洞里，身上的钱物都被洗劫一空。那些带着钱财去保辅家的卖家，没有一个是活着出来的。

关于这件事，卖东西的人都觉着很奇怪，因为去的人都被杀掉埋了，所以没有人能够证言是在保辅家被害死的。因此，保辅也一直没有被抓住。

---

① 往生：佛教用语，指离开人世到别的世界转生，尤指死后到极乐世界降生。

② 检非违使：弘仁年间设置的令外官，相当于检察京城内违法行为的官职，后来还掌管诉讼、审判，权力强大。

第七章　近世小说文学

第一节　近世小说文学概论

如果按照现代文学种类划分的话，日本中古和中世的物语、近世①的草子和读本等都应该属于小说的范围。但在日本文学当中，一直是将这几种文学按照物语、草子和读本进行分类的。究其原因，一是这些文学各自带有鲜明的时代特征，二是从创作手法、内容以及作者群体等也都存在很大差别。日本文学的这种分类，不仅顾及了文学作品的时代特征，也便于后人的阅读和欣赏。因此，在本书当中，也尊重日本文学的这一分类方法，将物语、草子、读本等分别对待。但是，由于近世草子和读本等与近代小说更为接近，在这里姑且将其称为近世小说，并作为独立章节进行赏析。

近世小说的产生有其独特的社会背景。进入近世以后，随着町人②

---

① 近世：指日本江户时期，时间跨度为1603—1868年。

② 町人：日本近世居住在都市里的工商业者，狭义上指有房屋的城镇居民，广义上也包括那些租房住、租地用的人。身份低于武士、农民，但以经济实力为后盾，拥有很大的发言权，成为近世日本都市文化中的中坚力量。

阶层经济实力的增强和寺子屋[1]的增加，使得平民教育得到广泛普及，人们的识字率有了很大提高。文学的创作和阅读群体由原来的武士等特权阶层逐步扩展到了一般民众即町人阶层。这些都为近世小说的发展奠定了良好的社会基础。此外，随着木版印刷技术的发展，书籍的大量出版也为近世小说的发展提供了技术层面的支持。这样，近世小说的创作与阅读呈现出了繁荣景象。

近世小说可分为草子文学和读本文学两个大类，它们分别出现在江户时代前、后两个不同的时期[2]。

一、假名草子与浮世草子

所谓假名草子，就是用假名文字书写的，以百姓的启蒙和娱乐为目的的一种文学形式。假名草子出现得较早，在江户时代初期大约八十年左右的较短的历史时期内，涌现出了如《怨之助》《睡醒笑》《竹斋》《清水物语》《伊曾保物语》《可笑记》《二人比丘尼》《浮世物语》《御伽婢子》等大量的优秀作品。这些作品的作者大多是江户幕府成立后，那些失去职务的浪人、官家和僧侣等。他们受过较高水平的教育，具有良好的文学素养。其代表人物是《浮世物语》和《御伽婢子》的作者浅井了意[3]。

浮世草子是在假名草子的基础之上，以现实生活和社会风俗为主要内容，更贴近百姓生活和社会现实的一种新型读物。这也是浮世草子与

---

① 寺子屋：江户时代为平民开设的初等教育机构，由武士、医生和神职人员等任教师，教授读、写、算等。

② 江户时代前、后期：从十七世纪初到十八世纪初以京都、大阪为中心的时代为江户时代前期，从十八世纪中叶之后以江户为中心的时代为江湖时代后期。

③ 浅井了意（？—1691），江户时代前期的僧人、假名草子作者。法号了意，别号瓢水子、松云。注释佛经，同时改编中国的志怪小说。

假名草子相区别的地方，从贴近现实和社会这一点上讲，浮世草子更接近于现代文学的创作理念。从浮世草子自身的内容和风格看，可分为井原西鹤和八文字屋两个时期。

井原西鹤不仅是浮世草子的代表作者，也是日本近世小说的杰出代表，其作品在后文将重点介绍。八文字屋时代是随井原西鹤之后出现的浮世草子的一个支流。八文字屋本是京都的一个书店，它起初出版净琉璃方面的书，至第三代八左卫门开始，出版歌舞伎狂言本、艺人评论集，后又出版浮世草子，其中《世间子息气质》《浮世亲仁气质》等被称为气质类的作品，为井原西鹤之后的日本浮世草子界吹入了一股新风。

二、读本

江户时代前期，日本的政治文化中心集中在上方（京都、大阪）地区，因而这一时期上方文学更为发达，包括假名草子和浮世草子在内的草子小说，也主要发生在这一地区。但随着日本经济和文化中心的转移，到了江户时代中后期，近世小说的创作中心由上方地区转移至了江户地区。在江户时代后期，近世小说的形式更趋于多样化，出现了以读本为中心的各种读本文学。

相对于以绘画为中心、附带文字说明的绘本而言，以文字为中心且配有插图的读物叫作读本。它实际上是指在浮世草子开始走向衰败的十八世纪中叶左右出现的以中国明清白话小说翻案为主的一系列传奇小说。读本是受到中国明清白话小说的影响和刺激，由日本知识阶层所写的，并反映其思想和世界观的一类小说作品。如前所述，近世小说有一个从上方地区向江户地区转移的过程，人们一般将以上方地区为中心的读本叫前期读本，而以江户为中心的读本叫后期读本。

十八世纪中叶，在上方地区流行的读本有被誉为读本鼻祖的大阪儒医都贺庭钟[1]创作的《英草纸》及其续篇《繁夜话》。这些读本使用的是雅俗折中的汉和混交文，对后来的读本创作产生了很大的影响。此外，还有建部绫足[2]所著的《西山物语》和《本朝水浒传》等，而上田秋成（后文介绍）的《雾月物语》则将前期读本推向了高峰。

到了十八世纪末期，读本的中心逐渐由上方地区转移到了江户。最初出现的两位著名作者是山东京传[3]与其弟子龙泽马琴。二人竞相发表作品，山东京传著有《忠臣水浒传》和《樱姬全传曙草纸》等。后来，其读本作者的地位则被弟子龙泽马琴所取代。

龙泽马琴生于 1767 年，卒于 1848 年，别号曲亭。他出身于一个下级武士之家，受到中国白话小说的启示，开始创作读本，并形成了其劝善惩恶、因果报应的创作思想；善于从历史事件中搜集题材，创作历史传记类作品，《椿说弓张月》是其中的杰作。此外，《南总里见八犬传》也是他的代表作。为了创作这部作品，龙泽马琴克服了丧子之痛和失明之痛，前后花费二十八年的时间。这部作品将善恶分明的主人公八犬士分别赋予仁、义、礼、智、信、忠、孝、悌等八种儒家道德的化身，其独特的想象力和血腥的战斗场面描写极具张力，其宏大的场面和波澜万丈的故事铺陈具有独特的艺术魅力。

除了以上的读本之外，还有几种江户时期流行的小说形式，如“洒落本”“人情本”“滑稽本”以及“草双纸”“黄表纸”和“合卷”，也在

---

① 都贺庭钟（1718—1794?），江户中期的读本作家。字公声，通称六藏，号近路行者等。大阪人。曾尝试改编中国的白话小说，被视为早期读本的先驱。

② 建部绫足（1719—1774），江户中期的日本学学者、读本作家、俳人、文人画家。俳号凉袋、都因，画号寒叶斋等。弘前人。师从贺茂真渊，倡导片歌。

③ 山东京传（1761—1816），江湖后期的娱乐小说作家、浮世绘师。本名岩濑醒，通称传藏，江户人。曾师从北尾重政学习浮世绘。著名黄表纸、洒落本作家。还以江户读本创始者闻名，晚年致力于随笔考证。

此作简要介绍。

所谓洒落本，是指以吉原[1]等地的花柳巷为舞台，描写青楼故事的一种会话体裁的小说，可称之为“青楼小说”。其对嫖客和妓女间的风流韵事和心理描写细腻而鲜明。通过这些描写揭示了当时的一些社会时尚和青楼规则，从而展现出“通”[2] 和“野暮”[3] 的审美主题。

起源于上方地区的洒落本，最初由乡下老人多田爷的《游子方言》确立了基本格式，随后在江户落地并取得发展。其代表作家是山东京传，《通言总离》《倾城买四十八手》是其成名作。山东京传是一位深爱着花柳巷风情的町人作家，他以充满人性善意的敏锐观察力描写花柳巷世界，但在宽永改革[4]中触犯禁律受到了处罚，其后，洒落本也逐渐衰退了下去。

到了末期，洒落本对男女之恋的描写伤感色彩更加浓厚，其小说的舞台偶尔也游离于青楼之外，延伸到一般的社会上。人情本就是在这一背景下形成的另一种新的小说形式，它将重心转向对町人社会的恋爱故事和人情纠葛的描写上，故事催人泪下，因此在人情本的初期也被称为“哭本”，是日本江户版的“言情小说”。其代表作家是为永春水[5]。为永春水的作品主人公大多是一名男子配上两三名女子，其恋爱模式也是多种多样的。在其代表作《春色梅儿誉美》及其续篇《春色辰巳园》中，

---

① 吉原：位于东京都台东区浅草北部，原为妓院区。1617 年得到官方认可，将散落在江户市内的妓院集中到日本桥茸屋町，1657 年因火灾移至日本堤山谷附近，1958 年被取缔。

② 通：在这里指精通人情世故，特指精通风俗的人，是日本近世青楼文学的一种审美情趣。

③ 野暮：粗野。是“通”的反义词，指不讲究、俗气、土气或不考究。

④ 宽永改革：日本江户幕府老中松平定信于 1789—1793 年间实行的幕政改革。

⑤ 为永春水（1790—1843），江湖后期的人情本作家。通称越前屋长次郎，号狂训亭等。经营书店青林堂，1821 年起不断发表作品。尤其发表《春色梅儿誉美》后，成为日本人情本的第一人，但被判定伤风败俗，受到处罚，第二年病死。此外还有《春色辰巳园》《报春鸟》等作品。

描写了男主人公色男丹次郎身边女性们的内心情感，刻画出了为“粹”[①]而活的鲜明女性形象。此外，曲山人[②]的《假名文章娘节用》等作品也为人瞩目。

人情本在十九世纪前半叶达到顶峰，自天保改革[③]为永春水受到处罚之后，逐渐衰落下去。

滑稽本，顾名思义是以搞笑为目的的一类小说。当时也被称为“中本”，是一种价格便宜、内容通俗易懂的趣味性读物。滑稽本也分为前后两个时期。前期滑稽本流行于宝历年间（1751—1764），主要有静观房好阿的《当世下手谈义》和风来山人的《根南志具左》《风流志道轩传》等。这些被称为“谈义本”，在滑稽本中具有教育和讽刺的特征。后期滑稽本始于1802年刊行的十返舍一九[④]的《东海道中膝栗毛》。这部作品是弥次郎兵卫河喜多八的东海道游记，是用充斥着荒诞和无厘头的会话体书写的游行途中滑稽笑话的一种小说。以同类通俗的滑稽本获得成功的还有式亭三马[⑤]。他以作为江户百姓社交场所的澡堂和理发店为舞台，创作了《浮世澡堂》和《浮世理发屋》，用幽默的语言，对普通百姓的形象进行了生动的描绘。

从十七世纪后半叶到明治初期，流行着一种叫草双纸的绘本。它按照红本→黑本→青本→黄皮纸→合卷的顺序展开。红本缘于其表皮的红色，其内容是以《开花爷爷》《桃太郎》等民间故事为主的幼儿读物。黑

---

① 粹：有潇洒漂亮、通达、圆通、老练等意思，在这里主要指举止打扮超凡脱俗、潇洒帅气、富有魅力的女性形象。

② 曲山人（？—1836），江户后期的风俗言情小说家。江户人。以书画笔耕为业，描写下层平民的生活。

③ 天保改革：日本江户幕府的幕政和藩政改革。因在天保年间（1830—1843）实行，故得名。

④ 十返舍一郎（1765—1831），江户后期的滑稽本作家。本名重田贞一，骏河人。因在大阪写净琉璃未能成名而移居江户，创作黄表纸、洒落本等。和式亭三马合称滑稽本两大家。

⑤ 式亭三马（1776—1822），江户后期的滑稽本作家。别号游戏堂、四季山人等。江户人。

本和青本也是根据其表皮的颜色而得名，是对歌舞伎故事梗概或战争故事等的描写，属于成人读物。

始于恋川春町[①]的《金金先生荣华梦》的黄表纸是在黑本和青本基础上发展起来的，图文并重，是完全面向成人的读物。其中也包含了戏谑、滑稽和讽刺的成分，在山东京传发表《江户生艳气桦烧》的十八世纪后半叶盛行。

合卷是黄表纸长篇化而合订出版的读物。以式亭三马的《雷太郎强恶物语》为开端，涌现出了许多作品。作为合卷第一人的是柳亭种彦[②]，他创作的《偐紫田舍源氏》获得世间好评。其后，合卷更加长篇化，一直持续到了明治二十年左右。

以上是对近世小说的一个概括总结。下面，我们选取了具有代表性的浮世草子作家井原西鹤的《好色一代男》《世间胸算用》和读本作家上田秋成的《雨月物语》分别进行介绍和赏读。

第二节 作品赏析

一、井原西鹤与《好色一代男》《世间胸算用》

井原西鹤（1642—1693）出生于大阪的一个富商家庭，本名叫平山藤五。早年，他将家业转让给他人，自己改姓母亲娘家姓，成了一名俳谐师。结婚后，其家庭生活很不幸，年轻的妻子撇下他和三个孩子撒手人寰，其中一个孩子是盲人。井原西鹤非常擅长俳句创作，在西山宗因

---

① 恋川春町（1744—1789），江户中期的黄表纸作者、狂歌师。本名仓桥路。骏河小岛松平家的家臣、黄表纸创始人。

② 柳亭种彦（1783—1842），江户后期的读本作家、幕府臣僚。

死后，将创作方向转向散文。井原西鹤在俳句创作方面脱离古典趣味，强调通俗易懂，而在小说创作上并不是像假名草子那样满足于古典教养的启蒙，而是将目光转向现实生活，创作出了描写官能世界的一个个作品群，其中《好色一代男》和《世间胸算用》是他的两部代表作。

在《好色一代男》这部作品中，作者将主人公从七岁到五十四岁之间的好色生活仿照《源氏物语》的五十四贴的形式进行书写。他没有描写风花雪月式的古典情趣，而是从好色这一世俗的视角出发，以锐利的目光凝视现实社会生活，摆脱了像中世时期物语作品中那种对樱花和明月等的描写，创造出了一个被称为浮世草子的近世小说的新世界。

《世间胸算用》则是将目光聚焦于大年三十这一天，将町人们难度年关的生活窘况借助鲜明、幽默的笔触生动细致地描写出来，反映了井原西鹤洞察人世和社会的敏锐目光，对我们认识江户时代的町人生活和社会很有裨益。

（一）《好色一代男》故事梗概

1. 世之介的出生

樱花凋谢空留叹，月亮下山银光散。

男儿一生为好色，不爱风雅爱俗凡。

有一个叫梦介的人，不爱附庸风雅，专喜人间色道。他在但马国（今兵库县北部）开采银矿，发财成了大富豪。此人对“浮世”（世间的道德和礼法）之事不闻不问，日夜饮酒作乐，沉溺于花街柳巷。他为一见钟情的三名头牌妓女小桂、阿香和三夕一个个赎身，并把她们纳为小妾，分别安置在三所不同的别墅中。其中一人为他生下了一名男孩儿，取名世之介。

2. 七岁之后

世之介在父母的宠爱中顺利成长，而事情的发生是在他七岁那年的某个夏夜。

这天深夜，世之介从睡梦中醒来，他用手碰了一下门锁，然后打了个哈欠。值夜的侍女听到响声后，赶忙点燃蜡烛，带他去厕所。侍女在前面引路，让烛光照亮世之介的脚下，这时世之介对侍女说：

“你把烛光熄灭，到我近前来。”

“我担心您看不清脚下，才这样做的，可您为什么让熄灭烛火呢?”

世之介说：

“你难道不知道恋爱是见不得光的吗?”

说完，世之介吹灭了蜡烛，然后一边对侍女说：

“别让奶妈看到啊。”

一边把身体凑过来，用手去拉侍女的衣袖。而这一幕恰好被奶妈看到了，奶妈说：

“您本事不大（身体未成熟），志向不小啊（很有想法）。”

说完，奶妈就把这事报告给了夫人。但是，这位夫人本是花柳巷出身，听闻此言，不但没有责怪世之介，反而认为他的早熟是“欢乐的开始”。

自此，世之介便开启了他好色的“欢乐”之门，而且这种愿望与日俱增，行为愈演愈烈。世之介“万事皆可，唯好色不忘”，“心为恋爱所累，在五十四岁之前，他玩过的女子有三千四百七十二人、少年七百二十五人”。从孩提时代一直不停地使用肾水（精液），能够活到现在也算是命大了。

八岁的世之介开始拜师求学。过了不久，他就让老师代笔给一位堂姐写情书，但此次求爱没有成功。

到了九岁，有一次，世之介从房顶上用望远镜偷看隔壁家女子淋浴，然后威胁那名女子说看到了她自慰，于是夜里偷偷去找那个女子。但女子非但没有理会他，还一把抱起他将其送回了奶妈处。女子对奶妈说：

“（他）没有坏心，只是想要点奶喝吧。”

听了事情的经过，奶妈们禁不住捧腹大笑：

“还是一个小孩就如此，将来长大会怎么样呢？”

世之介第一次和女子相好，是在十一岁那年的初冬。他去了伏见[①]撞木町的花柳巷，对妓女严酷的生活状况感到十分同情。他问起一名妓女的父母和家乡，当听说这个妓女出身于手持长矛、腰挎宝刀的高贵武士之家时，被女子隐姓埋名的行为所感动，于是为其赎身并将她送回故乡。其后，世之介仍然不忘二人之间的情谊，经常去乡下看望这名女子。

随着年龄的增长，世之介的活动范围也不断扩大。十二岁的时候，他去往兵库地区，观看并体验了温泉女招待那污浊的世界。

十三岁那年，他和京都祇园的一个低级茶屋女建立了相好关系。那是一个“黄莺梅花舞屏风，地上谁乱扔，柏木竿上断一节，至今无人结……草席略带潮湿，令人心里不适”的落魄世界。但是，世之介却敢于和这些女子相好并来往。这些女子被人们称为“京城里的骗子”，本就是一些很难对付的人，因此世之介也就轻易沦为了她们的掌上玩物。

除此之外，世之介还有其他另类的好色经历。在十岁那年的某一天，天上下起了阵雨，世之介喜欢上了一个给自己打伞的男子，并追求这个男子。到了十四岁，世之介到仁王堂（奈良县樱井市）观看飞子（男妓），开始和一个比自己大十岁的男子来往密切。

---

① 伏见：京都府南端的一个区，江户时代淀川水运的要地，著名的清酒产地。

就像这样，世之介在追求女色的同时，也不放弃男色。

3. 十五岁之后

世之介十五岁的时候，成功追求到了一名“美丽的寡妇”，后来他们之间还有了孩子，而这个孩子不幸被遗弃了。

在世之介十六岁刚刚成人的时候，有一位朋友委托他照顾自己的妻子，而他却喜欢上了这位朋友的妻子，并强迫她与自己相好。朋友的妻子很是苦恼：“我怎能一人侍二夫呢？”她甚至用木棍击打自己的额头。但世之介不管这些，即使是良家妇女，他也会像对待“浮世”一样毫不退缩，但对方往往受现实社会的伦理、道德约束，未必每次都能如愿以偿，有时也会以滑稽的失败而告终。

世之介十七岁那年去奈良的木十町游玩，到了十八岁又到江户学习经商。在去江户的途中与东海道驿站的女郎（妓女）来往，在骏河国（今静冈县中部和东部）江尾又遇到了若狭与若松姐妹俩，结果他沉溺于爱河之中，不能自拔。

好不容易抵达江户，世之介又物色到了暗娼，因此也就放弃了对经商的学习。这件事很快传到了他身在京都的父亲的耳朵里，他父亲于是将他被逐出家门。但这似乎也成就了世之介，他就可以乘机在全国各地尽情地行其好色之事了。

4. 二十一岁之后

世之介过了二十岁，又回到了京都一带，混迹于大阪上町和京都的暗娼圈中。

后来，世之介听从一个家住在小仓的人的话，去了九州。途中，他经过了备后国（广岛县）鞆津和下关稻荷町的花柳巷，然后向西到了丰后（大分县）的中津，最后又返回了大阪。在这期间，他与浮世小路的莲叶女（批发商的接客女）相好。二十四岁的时候，混入京都“大原的大通铺”，得到了当地一位大美人。在大原又和一个女盗贼相好，但由于贫困，两人分手了。二十五岁的时候，他因向往佐渡的金山，于是又向北国的方向出发了。

在寺泊的倾城町，他喜欢上了当地一种带有乡土气息的粗俗歌舞。由于无船去往佐渡岛，第二年他又开始游历东北地区，到达了酒田。

在那里，他观看了“街娼”的风俗，然后经仙台先后到达水户、鹿岛，接着又返回了松岛。在那里，他开始追求盐斧神社的巫女。那名巫女是有夫之妇。在世之介正要强奸巫女时，被抓住，然后被剃成阴阳头赶走了。

5. 二十八岁之后

有一段时间内，世之介仿佛失踪一样下落不明。二十八岁那年，他忽然又出现在了“信浓路”，与信州岔道口的妓女度过了寂寞的一夜。第二天早上，他离开驿站。在山阴的临时关卡处接受检查时，因被怀疑是盐斧强奸案的疑犯，被当作“乱作分子”抓进监牢。在监牢中，他认识了一个因“恨自家男人而出家”的“温柔女子”，他觉得“这也很有意思”，于是“不停地写信求爱”，最后两人终于建立了相思相爱的关系。但因为是在“满是跳蚤、虱子”的监牢中，很难成就好事。

因幕府举办法事，大赦天下，二人得以借机出狱。世之介身背女子渡过筑摩川，想要逃走，却被女子的兄长追上，并要把女子带回去。世之介上前阻止，被痛打一顿，晕厥了过去。等世之介苏醒过来，去拼命寻找女子的时候，发现女子已经被杀害了。

之后，世之介继续前行，来到最上地区的寒河江、江户。在与迦陀（和歌山市）加太町的渔民妻子坐船游玩时，忽然遇到了一阵风暴，女子失踪，而世之介被冲到了吹饭浦获救，然后到达了界地。

在这里，碰巧遇到了家里从京都派来寻找他的人。来人说：“您父亲去世了，您母亲终日叹息，盼您速归。”此时的世之介已经三十四岁，他再次回到京都。他原来被逐出家门的事情受到了原谅，并且拿到了家里所有仓库的钥匙，他因此得到了金钱两万五千贯，可以“随意用钱”了。

世之介大喜，决定“实现平日的夙愿，把想念的人都请过来，把所有的名妓都买下来”。

他继续着自己的好色生活。

6. 三十五岁至五十九岁

三十五岁之后，世之介以京都的岛原、大阪的新町和江户的吉原这三所官方许可的花柳巷为舞台，时而充当主角，时而充当配角，继续着他和妓女们的恋爱游戏。

在这些妓女当中，有一位名叫高桥的女子，原本是京都岛原的花魁，是被称作“女郎镜子”（妓女的榜样）的当世名妓。她用茶道招待以世之介为主的一些尊贵客人。她的茶道功夫让人觉得仿佛是千利休转世一样。这一天，正当他们进行这种有趣的游戏的时候，忽然有别的客人点名要高桥。这个客人是一个粗野的乡下武士，高桥拒绝了他，又回到了世之介的身边。可对方发怒了，挥舞着佩刀要强行带走高桥，而高桥却将头枕在世之介的膝盖上，平静地唱起了“投节”歌。正当骚乱的时候，老鸨出来，她拔去高桥头上的发簪，将高桥带到了妓女屋。临走之时，高桥毫无惧色地对世之介说：“世之介，再会!”人们感叹之余，对世之介都心生羡慕。

话虽如此，在世之介面前出现的也不都是名妓，其中也有一个不愿意透露真实姓名的“猴”妓女。

这个妓女专门从有钱的嫖客手中榨取金钱。虽然世之介也追求她，但对她那贪得无厌的做法感到很是义愤，决定教训她一下。

世之介答应了这个妓女的要求，装作她情夫的样子，在一个柴房与其私会。当看到对方粗俗的样子时，世之介很是扫兴。接下来又看到对方就着鳕鱼干吃茶泡饭的样子，而且她还问世之介：“小判（当时的钱币）贷款的利息是多少？”世之介非常惊讶，心想：这样的妓女怎么能有人出钱呢？眼看就要到年末了，妓女开始向世之介要钱。世之介看时机已到，于是给这名妓女写了一封信，对妓女进行了奚落。

“因为你说白干，所以我才找你。你要是放贷的话，我可以给你找一个借主。现在我正忙，顿笔。”

7. 六十岁去女儿岛

到了六十岁花甲之年，世之介几乎把日本所有的妓女、舞姬、暗娼都体验过了。世之介认为不留子孙，不要房屋是“一代男”的体面。于是，他邀请七位“志同道合的朋友”，准备好装有大量补药等应用物资的“好色船”，于天和二年（1682 年）十月，“看好天气，从伊豆国出发”，向着“女儿岛”启航了。最终不知所踪。

（二）《世间胸算用》作品赏读

1. 长刀的旧鞘

在大年三十这一天，是町人们最忙碌的时候，也是那些租屋居住的穷町人为了度过年关而急着跑当铺的时候。在当铺里，堆满了伞、茶壶、头巾、食盒、石臼、帽子、衣服等不值钱的典当品。

有个落魄浪人的妻子，拿着一把漆面仿梨花纹的刀鞘来到了当铺，当铺主人不屑一顾地说：

“这样的东西有什么用啊？”

听了这话，浪人的妻子脸上很不高兴，哭着说：

“你把别人的贵重物品当成什么了！这是陪我父亲在关原之战中立下战功的战刀，因为父亲没有儿子，就传给了我，你说没用就是在侮辱我的先祖。我虽然生为女儿之身，但也不惜命。今天跟你没完！”

店主人很尴尬，急忙道歉，可对方不接受。

一位邻居听说此事，悄悄地对店主人说：“那个女人的浪人丈夫是一个敲诈勒索的人，趁早把事情了结了吧！”

主人给了她一些钱和米，才算了事。

时过境迁，人心易变。这名女子从前本是一位身家一千二百石[①]的武家千金，生活富裕，衣食无忧，但是随着家境陷入贫困，就做些找茬碰瓷、敲诈勒索的事情，就连她自己都感到羞愧和懊悔。由此看来，当人贫困的时候，既不能死去，又不得不活受罪。

在这个浪人的邻居中，有一个三十七八岁的寡妇，平时也没有什么挣钱的途径，但她却做好了过年的准备，还给邻居们准备了过年的礼物。可她的钱是从哪里来的？难道是给别人当小妾挣的吗？在贫民窟里还住着这样一个女的，她天生拙笨，过着独身生活。还有一个扮成和尚、靠化缘维持生活的人，因为生病把袈裟典当了，也就没办法挣钱了。

从这些侧面观察，年终岁尾真是到处都是悲伤啊。

2. 老鼠的信使

大年三十要打扫房屋。有一个忙碌的商人因勤奋和简朴而闻名，而他的母亲不但比他更简朴，而且达到了吝啬的地步。这一天，她一边将一只木屐当作烧洗澡水的火引子，一边嘟嘟囔囔地说：

“自当媳妇以来，穿了五十三年的木屐，却被狗叼跑了一只，把这一只用来烧火，真是可惜！”

她嘴里说着，眼角还流出了泪水。这情景被一个前来洗澡的医生听到了，他问道：

“是谁去世了啊？”

---

① 石：容积单位，用于衡量大米等谷物。一石为十斗，约一百八十升。日本古代用作衡量大名与武士的俸禄量。

“人死是不会让我这么伤心的。去年大年初一，妹妹给的过年礼钱丢了，今天正好是一周年祭日。这不是外人干的。”

她一直在怀疑家里人。

她询问山里的修行僧。修行僧说：

“如果供台上的纸钱动了，钱就会找到。”

实际上，供台上的纸钱自己也会动，可她就完全相信了，并给了修行僧香火钱。

之后，有人对她说：“你在供台上放一个装满水的罐子，放进一条泥鳅，这时候把纸钱穿起来插进去，因为泥鳅一动，就好像纸钱自己在动。”

听了这话，她感到自己受骗了，心中更加气愤。

在打扫房间的时候，她在房顶上找到了丢失的钱。家里人说是老鼠偷的，同时也都松了一口气。可这个母亲仍然半信半疑地说：

“我们家有一只黑头的老鼠小偷，不能大意啊。”

那位洗完澡的医生从史书上查了一下，说上面有这样的记载：“在孝德天皇的时候，有一次迁都，老鼠也带着家具财产进行了大搬家……”

医生煞有介事，说得绘声绘色，后来又让她看了一段老鼠买东西的曲艺表演，这个女的最终才相信了。

后来，她又从上房那里要了一年的利息。

“这才能真正迎接正月呢。”

说完，就安然自得地睡了。

3. 门柱都是赊的

某个被追债的商家主人样子十分奇怪。他一边磨刀，一边闪着狐仙附体一样的眼神，嘴里嘟囔着：

“人心难料，说不定我一生气，就会用这把刀自杀。”

此时正有一只鸡从他身旁经过。“真是死前的血祭啊!”他说，然后把鸡的脑袋砍掉了。被吓坏的债主们一下子都走了。当然，这是为了吓唬债主而自导自演的一个把戏。

可是，有一个木器店的小学徒却没有离开，他年龄十八九岁，像一个弱不禁风的小女子，站在那里若无其事地看着欠债人说：

“戏演完了吧，那么，还钱吧。”

欠债人脸色阴沉着说：“那些强壮的男人都知趣地走了，你竟敢说我在演戏!”

“百忙之中，我看了一场无用的自杀戏。”

“你不要找麻烦!”

“不给我就不走!”

“你要什么?”

“还钱!”

“谁敢要钱?”

“别要混，要账是我的本事。如果你不给钱，你家装修的木材就是我们店的。那我就拿走了。”

两个人交涉了半天，见没有结果，年轻人就准备用大锤砸门柱子，店主人只好服软还钱。

最后，年轻人又给店主人出了个主意：“你这种办法太落后了，你应该和妻子商量好，装着夫妇吵架，当妻子说‘要让我离开这个家，就会出两三条人命’的时候，你就说‘人生好可悲啊’，然后把家里的废纸当珍贵的纸一样撕碎，那样的话，不管什么样的讨债人都会回去。”

商人听后，立即和妻子采用了这个方法，结果被人嘲笑为“大宫街的吵架之家。”

4. 小判[1]之梦

有个穷人，很羡慕富人，始终忘不了他在江户的银号看到的堆积如山的银子。在某一天睡觉的时候，他迷迷糊糊地说：

“到了年底，小判要是像梦见的一样多才好呢。”

到了除夕的清晨，妻子一睁眼，看到小判真的堆积如山。她急忙叫醒丈夫：

“老公！老公！”

等丈夫一睁眼，小判却一下子都消失了。这是因为丈夫对小判的渴望之梦现形了。妻子很是难为情，就对丈夫说：

“照这样下去，我们一家三口都要饿死，我想出去当女佣。”

正在这时候，来了一个人贩子，对他们说道：

“你媳妇现在出奶也好，工钱可以预支，还有其他的补贴，可是过了这个村没这个店啊。”

人贩子见丈夫不开口，一个劲儿地催促着。

妻子同意了，看到她不忍与怀中的女儿分别的样子，人贩子就给了很多费用，说道：

“没有母亲，孩子也能长大，不该死的人就是想杀他，也死不了。”

就连与人贩子一起来的东家老妈子也表示同情，但人贩子却不容这个妻子再问什么，带着她就走，同时说：

“一切都是金钱之敌，人死了就什么都没有了。”

除夕深夜，因为孩子哭个不停，邻居的大娘婶子们纷纷送来了母乳的代用品，并对这个丈夫说：“你家的太太真是个有福之人啊，听说找女佣的东家老爷特别喜欢雇佣长得漂亮的女人，您媳妇和他最近死去的老

---

① 小判：江户时期的一种钱币。椭圆形，正反面有印记，因发行时间不同，尺寸大小、分量、成色等各异，但每枚都作为一两通用。

婆长得多像啊，就别提您媳妇背影那个诱人劲儿啦。”

听了这话，这个丈夫坐立不安。

“刚才的钱还在那里，听了你们这话，我就是不要命也不会放她走的。”

说完，他急忙跑出去，把妻子追了回来，含着眼泪过了年。

5. 平太郎大人

这年除夕正巧赶上立春，是一个格外不安定的晚上。在某个净土宗的寺庙里，有一个惯常的立春法会，讲述亲鸾的虔诚弟子、著名的平太郎的故事。但和往年不同，今年的参拜者只有三个人。因为得不到相应的香火钱，寺庙的住持说：

“连灯油钱都够不上，今天就不要香火钱了，各位请回吧。你们百忙之中抽时间来参拜的诚心，佛陀是决不会忘记的。”

住持一边用好话敷衍着这三个人，一边劝他们回去。

其中一个老太婆流着泪说：

“您的好言真让我们感到羞愧。实际上，我并不是诚心来参拜的，因为我的独生子过日子不检点，被债主追着无处可逃，他对我说：‘老娘，藏到寺庙里吧。随后我就嚷嚷老娘找不到了，让街坊四邻来帮着找人，这样就可以蒙蔽讨债的人了，这就是除夕夜里找老娘。’给住持您添麻烦了，真是罪过啊。”

接下来，另一个男的说：

“我的老家在伊势国（今静冈县）。现在入赘到了一个带着小男孩的寡妇家里。她丈夫是在大和做小买卖的行脚商，死了。可买卖不好做，妻子对着儿子说：‘儿啊，你亲爸爸为我们准备吃的、做草鞋、缝补衣服等，非常勤奋，你要想你的亲爹就哭吧。’年末了，没有办法，我回老家去要债，结果没要回来。等从老家一回来，发现饭菜和过年的东西都准备好了。于是就准备吃饭，可妻子却问：‘伊势的钱要回来了吗?’我刚刚回答说没要到，妻子就说：‘你还有脸两手空空地回来，这些米都是我用身体做担保，用高利贷借的米，反正你是穿个裤衩入赘进来的，趁脚下还亮着赶紧滚出去吧!’然后就把我轰了出来。净土佛救苦救难，今晚请让我住一宿吧。”

最后一名男子说：“我的事情更没法说。如果在家里，要账的人不会让我活着的。我连十文钱都借不到，想喝酒，身上又冷，没办法过年。思来想去，觉着平太郎大人的法会会聚集很多人，自己想趁机偷双鞋换点酒喝，谁想到人影稀疏，连佛的眼睛都挡不住。”

男子说到伤心处，流下了眼泪。

正当住持感叹人世无常的时候，人们蜂拥而至了。

“侄女生孩子了，我来报喜。”

“木匠师傅九藏因为和讨债人吵架，上吊死了。请您出席葬礼。”

“我的衣服被偷了。”

“井坏了，请借给我水吧。”

“能照顾我轰出家门的儿子吗?”

哎呀哎呀，本应该清闲的腊月，和尚真是忙碌啊。

二、上田秋成与《雨月物语》

上天秋成（1734—1809），是江户时代的诗人、国学家和读本作者。四岁时成为大阪堂岛一个纸油商的养子，在一场大火中，房屋被烧毁，当了医生。上田秋成起初学习俳谐和国学，后来受都贺庭钟的影响，以中国的志怪小说为基础创作了《雨月物语》。

《雨月物语》是江户时代前期的读本作品，也是上田秋成的代表作之一。这部作品设定了一个虚幻的世界，描写了一个不受现实世界约束的生动形象的人生场景。在写作文体上，日文中交织着汉文，形成了具有上田秋成风格的流畅的雅文体叙事特色。除此之外，在晚年，他创作的《春雨物语》等作品，也很受大众欢迎。

（一）作品赏读

1. 浅茅之宿

在下总（今千叶县一带）的葛饰郡真间乡住着一位叫胜四郎的农夫。他虽然和亲戚疏于往来，但总想着兴家立业，于是跟着行脚商雀部曾次学习经商，并决定去京都闯荡。胜四郎的妻子宫木美丽贤惠，她劝丈夫不要远行，但胜四郎却许诺："今年秋天肯定回来！"于是第二天天一亮就起身向京都出发了。

这一年，镰仓幕府的足利成氏与关东地区的领主上杉氏关系不睦，导致关东地区形势不稳，许多人因战乱而逃亡或被驱逐出境，这一带变得人烟稀少。妻子宫木虽然也很担心，但他相信丈夫的诺言，只是耐心等待着丈夫的归来。经常有人垂涎她的美貌试图接近她，这让宫木更加害怕。

胜四郎在京都的买卖虽然有一些收获，但听说上杉氏已经攻陷了镰仓，他开始犹豫是否归乡。但这时候忽然身染严重的热病，只好滞留在近江（滋贺县）养病。时间一晃，就过去了七个年头。

这时候，河内（大阪府）的田山家族又起内部争端，京都也跟着骚乱起来，再加上自春天起闹起瘟疫，社会开始动荡不安。胜四郎决意归乡，经过十余日的长途跋涉，终于回到了家乡。

这天，日已西斜，天空忽然阴了下来，看样子要下雨了。因为是居住多年的老家，胜四郎相信自己是不会迷路的。他穿行在夏天的原野上，正在行走的时候，忽然发现眼前田地荒芜，看不到人家，找不到一点从前的样子了。胜四郎还记得那棵被雷劈过的老松树，于是按照记忆向自己家的方向走去，到了近前发现自己的家没有变化，还是原来的模样。好像家里有人，于是他故意咳嗽了一声，里面果然传来了妻子熟悉的声音：

“谁呀?”

胜四郎进了家门，先是为多年不给妻子寄信表示歉意，然后又对妻子安慰了一番，随后二人就一起睡下了。第二天早晨，胜四郎感到浑身发冷，他睁眼一看，发现自己的家竟然变成了一所破旧不堪、长满了爬山虎的草窝。

原来的房子早已变成了狐狸窝，妻子宫木或许也是什么鬼怪变化而成来骗自己的。等胜四郎仔细一看，发现在卧室处竟有妻子的坟墓，而且在坟墓的旁边还写着妻子辞世和歌的牌子。这时候，胜四郎才明白，妻子已经不在人世，昨夜现身的是她的亡灵。

其后，胜四郎拜访了埋葬妻子的漆间翁，向他打听到了妻子生前孤苦的生活和临终时的样子。漆间翁引用“真间手儿奈的传说”（古代美女，拒绝多名男子的求婚，最后不堪其苦，投水自尽）流着泪诉说：宫木比真间手儿奈还要可怜。胜四郎听后更加悲伤，用带有乡土气息的语调吟诵了一首和歌：

古有手儿奈，今有我娇妻。
不能复相见，思之何戚戚。

2. 梦应鲤鱼

延长年间（923—931），在三井寺住着一位讲解经文的和尚叫兴义。他因画技高超而闻名于世。他不仅擅长佛画、山水和花鸟画，而且只要是感兴趣的东西，什么都能画。

这一天闲着没事，他来到一个湖边，买下渔民捕到的鱼，然后又把鱼放回到了湖水中。他通过观察鱼儿游动的姿势来进行临摹，渐渐地，他的临摹惟妙惟肖。有一天，或许是画累了，他在注视着画面的时候，打盹进入了梦乡。在梦中，他梦见自己变成了一条鲤鱼在水里自由自在地游动。他心里暗自高兴，把自己的这次梦游叫作“梦应鲤鱼”。但是，每当人们来向他求画的时候，他只是送给一些花鸟画或山水画，绝不给人鲤鱼的画。

有一年，兴义和尚得了病，七天后就没有了气息。他的徒弟和朋友们都在叹息悲伤，可是一摸他的胸口还带着微弱的热乎气。大家都期盼着他能够苏醒过来，于是就没有入殓。大家在他的身边守候了三天，兴义和尚果然又活了过来。

兴义说有个不可思议的事想问一问，于是让徒弟叫来了施主平之助。兴义问平之助说：

“你向渔夫文四预订过鱼吗?”

平之助回答说：

“是的。”

于是，兴义就跟大家详细叙述了鱼被运到平之助家时的样子。人们对兴义和尚所所说感到十分惊奇。

于是，兴义讲述了如下的缘由：

“我最近苦于病痛，因为太过于痛苦，以至于自己都不知道自己已经死了。为了退烧，我走出家门来到了外面，因为心情开朗也就忘了自己生病的事。在山野中信步行走的时候，来到了一个湖边。一看到清澈的湖水，就忍不住想游泳，于是脱掉衣服，下到水里游了起来，但人的游泳是不可能比过鱼的，我渐渐对鱼产生了嫉妒之心。

“这时候，一个戴着高冠的人骑着一条大鱼来到我的面前。那个人对我说了如下的话之后，就消失不见了。

“‘我从海神那里带来了给法师您的诏书，海神说法师有一次放生之德，所以要借给你鲤鱼的服装，允许你自由地游动。但是，请您一定要注意千万不要被香饵熏晕，被鱼钩钓住。’

“我对这人的话半信半疑，但低头一看自己的身体，已经变成了一条鲤鱼。我也不再觉得奇怪，就摆动着翅尾，自由地游了起来。

“我按照志贺、坚田、濑田的诗词里所出现的名胜忘我地游着，逐渐感觉到肚子饿了。此时确实闻到了鱼饵的香味，因为之前有海神对自己的告诫，再加上自己是佛门弟子，不可贪吃鱼饵，于是就忍住饥饿离开了那里。过了一会儿，饥饿感越来越强烈，实在难以忍耐，心想即使吃了鱼饵也不会被抓住吧，于是就咬了鱼饵，可就在这时候，渔夫文四就把我抓进了鱼篓。当被运到你家的时候，我不停地大声喊叫起来。可是，没有人知道那条鱼就是我，当我以为自己被放到案板上宰杀的时候，忽然就醒过来了。”

人们对兴义和尚的话都感到非常惊讶。

“和法师说的故事一对照，鲤鱼被放到案板上时，的确嘴巴使劲一张一合的。”

人们七嘴八舌地说着，随即将剩下的鲤鱼又扔到了湖里。

后来，兴义的病痊愈了，而且寿终正寝。在临终之际，他将自己保存的几张鲤鱼画扔到了湖水里，那些画中的鲤鱼变成了真的鲤鱼，在水里来回游了起来，因此，兴义的画也没能流传下来。

3. 蛇性之淫

不知是什么年代，在纪伊国（现在和歌山县）的三轮崎住着一个名叫大宅竹助的人。他以捕鱼为生，日子过得很富裕。大宅有三个孩子：大儿子太郎，性格朴实，继承了家业；女儿嫁给了大和国（奈良县）的一个商人；小儿子丰雄爱好风雅的生活，没有自谋生计的打算。父亲虽然也担心他的将来，但还是由着他的性子，没有严格要求。后来，丰雄拜熊野新宫的神官安倍弓麻为师，准备志向学问。

在九月下旬的一天，平静的海面上突然刮起了东南风，紧接着又下起了小雨。丰雄从师父那里借了把伞往家走去，可雨越下越大，他躲进了附近的一个渔民家里。渔家的老主人热情地接待了他。

就在这时候，门外忽然传来了一个女子的声音：

“请让我在房檐下避避雨吧!”

循着声音望去，只见一名年纪二十来岁、花容月貌的女子走了进来。她身后还跟着一个身着和服、年纪十四五岁的漂亮侍女。他们的衣服都湿透了，一看到丰雄，女子脸色羞红，更显得其容姿高雅端庄。丰雄动心了，他不知道附近竟然住着这么一位高贵的女子，心里感觉有些不可思议，于是稍微挪动身子给主仆二人让出了一块坐席，请他们休息。

“我失礼了。”

女子一边说着一边在丰雄身旁坐下来，容姿显得更加美丽了。丰雄对女子说：

“这里虽然有些简陋，却是一个值得信赖的人家，请安心在这里避雨，因为我送您不合礼节，所以请用我的这把伞吧。”

女子回答道：

“今天我们去那智大社参拜，没想到突然下雨，急忙跑到这里来避雨，因为我家离这里很近，等雨稍小一点了就回去。”

听女子说明了情况，丰雄把伞借给她，顺便问道：

“顺路的时候，我再去取伞，请告诉我您的住所。”

“只要您一提住在新宫附近的县真女儿，谁都知道的。”

女子回答完毕，和侍女拿了雨伞出去了。随后丰雄也借了主人的斗笠回家了。回家后，丰雄怎么忘不了真女儿，甚至晚上做梦还去了真女儿的家里。

第二天早晨一起床，他就立即赶往了新宫，一直打听着过了中午，但却没有人知道真女儿的家。这时候从东边走过来了昨天那位侍女，她把丰雄领到了家里。真女儿的家和昨晚梦到的一模一样，是一处有着高大门楼的古香古色的住宅。

真女儿向丰雄说明了自己的身世。原来她出身于京城，与受领①的下司（低级官吏）结了婚，但不幸丈夫去世，只剩下了自己。真女儿表示愿意和丰雄结为夫妻。丰雄虽然心中欢喜，但他还是告诉真女儿说自己靠父兄养活，没有养家糊口的能力，而且说如果真女儿不介意这些的话，就可以在一起生活。真女儿劝他就住在这里，并且把亡夫遗留的一把长刀交给了丰雄。丰雄当夜并没有住在真女儿家，说等明晚再来，于是先回了自己的家。

第二天早上，哥哥太郎看到丰雄的房间里放着一把漂亮的旧式长刀，就和父母一起追问丰雄。丰雄说明了情况，但太郎没有听说过“县某某”这个名字，认为这把长刀好像是最近被盗的熊野神社的宝物之一，于是就报了官。国司副官文室广之逮捕了丰雄。

面对审问，丰雄坦白了自己和真女儿相遇的事。当初对他的供词抱有怀疑的副官也觉得女子的身世有些奇怪，最后认定是妖怪所为。

过了一百天，丰雄被释放了。他感到羞愧难当，不敢见人，就搬到了大和国姐姐夫妇的家里。

在丰雄居住在大和国姐姐家里期间，真女儿和侍女再次出现在了他的身边。丰雄虽然很害怕，但经不住真女儿的哄骗，两个人再次坠入爱

① 受领：平安中期以后，实际到当地赴任的国司（地方长官）。

河。有一天，在姐姐和姐夫去吉野赏花的时候，有一位过路的叫当麻酒人的老神官告诫丰雄，说他蛇精附体，如果放任不管的话，会丢掉性命的。

此后，丰雄一改从前的懒惰毛病，为了孝顺父母，回到了纪伊国。父母让他和庄司氏的女儿结婚，并入赘到了庄司氏家。

在第二天夜里，真女儿附体在了妻子富子身上，并追问丰雄为什么背叛自己。在别人的劝说下，丰雄决定求助于道成寺法海和尚。法海和尚念咒将真女儿变为蛇的真身，收入钵盂，用袈裟封上，埋入了寺中。据说现在还留着这个“蛇冢”。

其后，据说富子死了，但丰雄却一直过着平静的生活。

第八章　戏曲文学

第一节　戏曲文学概论

一、雅乐、田乐和猿乐

日本最早的戏曲文学可追溯到平安时代。在平安时代，日本流行的戏曲主要有三种：雅乐、田乐和猿乐。雅乐是指从中国唐朝和朝鲜半岛传来的乐曲与仿照这些乐曲演变出来的日本本地乐曲的总称，其中带有伴舞的叫舞乐。雅乐作为一种传统乐曲至今仍然被日本的宫内厅以及大阪的天王寺等传承演奏着。

田乐是一种日本的本土乐曲，它是从古代人们祈祷丰收、招请田神时，用笛子和鼓等伴奏的歌舞中派生出来的。相对于雅乐的形式化和礼仪化特点，更为通俗和平民化，因此在平安时代末期大为流行。现在也有一些寺庙或神社传承演奏。

猿乐也是外来的戏曲种类，是在以曲艺和魔术为主的散乐基础上产生出来的，它融合了带有滑稽性模仿节目的成分。猿乐没有像田乐那样只是盛行一时，而是在后来逐渐分化成了能乐和狂言这两种新的艺术形式，并得到了发扬光大。

二、能乐

进入镰仓时代后，田乐仍在流行，且和猿乐一起广泛渗透到了民间。猿乐不仅具有曲艺和魔术的特征，还兼有戏曲的模仿性特征，但后来田乐和猿乐都将重点放在了模仿的技艺上，因而被称作田乐能和猿乐能，也构成了日本能乐的源流。这些专门艺人分别组成田乐座和猿乐座，受到所属寺庙或神社的保护。到了十四世纪后半叶，在猿乐的结崎座中，涌现出了观阿弥和世阿弥两位杰出的能乐大师。他们是父子关系，得到了当时的幕府将军足利义满的支持，从而使能乐走向大成。

三、狂言和若幸舞

与能乐相伴而生的还有狂言。所谓狂言是将猿乐中鄙俗滑稽的内容戏曲化的一种形式。狂言本身就带有讽刺的元素，与猿乐分离之后，内容和形式更加凝练，增强了对社会风俗的批判精神。同时，狂言还带有一定的旁白性特征，它插在能乐剧目的中间，对能乐的剧情和剧目进行说明，并拥有自己独特的曲目，因为不用戴面具，演技写实，且使用白话，所以生动形象，更具有即时性效果。

幸若舞比能乐稍晚，是在室町时代末期流行的一种艺能，过去也被称为曲舞。它以战争物语中的人物为素材，在大鼓、小鼓和笛子的伴奏下，伴有较为平和的曲调的一种单纯的舞蹈。其词章叫“舞本”。因为其主题是忠义孝节，所以很受武将们的喜爱，到了近世对人形净琉璃产生了很大影响。由于曲目单调而缺乏变化，其后就渐渐衰退了。

四、人形净琉璃

在近世，舞乐只在宫中或大的寺庙神社中举行重要仪式的时候演出，而能乐作为武家的专门节目，其谣曲虽然迎合武士和一部分町人的嗜好而传播开来，但曲目仍然是按照武家的喜好而被固定化的。与之相比，人形净琉璃（简称净琉璃）和歌舞伎植根于平民百姓的生活中，呈现出多元化发展趋势，传承发展了起来，并成为近世戏曲的主流。

人形净琉璃是以三弦琴伴奏并进行说唱，同时配有木偶表演的一种艺术形式。镰仓时期，说唱艺术已经广为人们接受。在室町时代末期，传统的木偶表演与外来的三弦琴结合起来，形成了净琉璃这一新的剧种。一开始盛行于京都的净琉璃很快传入江户，并衍生出各种流派，其中豪放刚猛的金平惩治坏人的“金平物”深受町人喜爱。在京都，针对“金平物“的流行，带有京都风情的、重视谣曲和平曲以及幸若舞等曲目的宇治加贺掾的嘉太夫节流行起来了。

五、歌舞伎

歌舞伎是从中世的风流舞中派生出来的，是演员身着华丽服装跳舞的一种艺术形式，盛行于江户时代。歌舞伎根据时期不同可分初期歌舞伎、元禄期歌舞伎和化政期歌舞伎。

1603 年左右，被称为出云大社巫女的出云阿国在京都跳起了歌舞伎舞。阿国女扮男装，佩刀且衣着华丽，一边与游女戏耍，一边跳舞。这种歌舞伎很快在各诸侯国流行开来，但幕府以扰乱社会秩序为由采取了禁止政策。接下来，代之而起的是由美少年任主角的“若众歌舞伎”（青年男子歌舞伎），迅速风靡各地，但同样遭到了幕府的禁止。这样，歌舞伎一时间销声匿迹。后来慕府接受町人们的请愿，同意在排除女性和少年出演的情况下，可以演出歌舞伎，这就是所谓“野郎歌舞伎”（男人歌舞伎）。“野郎歌舞伎”不像女性歌舞伎和“若众歌舞伎”那样依赖于美色和舞蹈，只是通过成年男子的念白和动作来进行表演的一种戏曲。它逐渐聚焦和凝练内容，从单纯写实的狂言滑稽性演变成了两场以上的狂言连续剧目了。

在元禄期（1688—1703）之前，歌舞伎得到大众的支持，取得了很大发展，在京都和江户出现了常设剧场。此时代表性的艺人有京都的坂田藤十郎和江户的市川团十郎。藤十郎将近松门左卫门聘为专属剧作家，展现出了与京都文化环境相契合的柔和写实的演技，其舞台风格被称为“和事”①。团十郎创作了“参会名护屋”等作品，自创自演。他以英勇的主人公济困扶弱为主题，其舞台风格被称为“荒事”②。在这个时代，既有像团十郎那样自创的剧本，也有像近松门左卫门那样的专门剧作家，这在戏曲史上也是一种特有现象。

在元禄时期以后，受人形净琉璃盛行的影响，京都和大阪地区的歌舞伎走向颓势，但江户歌舞伎通过新剧的上演、剧场设施的改良以及对净琉璃技巧的吸收，继续呈现了强劲的发展势态。这反过来对京都和大阪又产生了影响，导致了净琉璃的衰退和歌舞伎的兴盛。

在文化文政时期③，作为剧作家活跃的是四世鹤屋南北④。四世鹤屋南北擅长取材于社会风俗的写实性狂言剧，代表作有《东海道四谷怪谈》。

从幕府末期到明治维新，发表优秀剧本作品的是河竹默阿弥。默阿弥（1816—1893）是江户时代末期歌舞伎剧本的集大成者，他一生创作的作品多达三百六十部之多。在写实狂言剧中，最擅长的是以盗贼为题

---

① 和事：歌舞伎表演、导演场面之一，表现色情、恋爱、痴情等内容，是关西地区的传统曲艺剧目。

② 荒事：歌舞剧中以勇士、鬼神类为主角的威武雄壮的狂言，如《暂》《鸣神》等。亦指其粗狂的动作。自元禄年间第一代市川团十郎开始，成为江户歌舞伎的特色。

③ 文化文政时期：德川幕府第十一代将军家齐统治下的文化、文政年间。

④ 四世鹤屋南北（1755—1829）：江户人。人称大南北，别号姥尉辅。

材的“白浪物”，以劝善惩恶的主题，加上五七调的台词，再配上具有魅力的人物，非常受观众欢迎。其代表作有《三人三吉》《白浪五人男》《鼠小僧》等。

本章撷取了世阿弥的能乐理论著作《风姿花传》和近松门左卫门的人形净琉璃《曾根崎殉情》进行重点介绍。

第二节　作品赏析

一、世阿弥与《风姿花传》

（一）世阿弥与《风姿花传》简介

世阿弥（约 1363—1443），是大和猿乐观世座的艺人。受室町幕府第三代将军足利义满的保护和支持，承接父亲观阿弥的衣钵，成为第二代观世座掌门。他创作了如《高砂》《敦盛》《班女》《砧》等多个能乐剧目，曲种广泛且多为名作。但后来受到室町第六代将军义教的迫害，被流放到佐渡，其后身世记录不明。世阿弥为后辈能乐名角撰写能乐著述，遗存二十一种之多。内容涉及学艺论、演技论、能艺美论、能作论、音曲论、艺谈、艺评等多种，直到现在，仍然是戏曲理论的经典。

《风姿花传》共七卷，是世阿弥最早的能乐理论著述，该书承接观阿弥的教导，论述了如何与它座竞争，如何实现能乐的美—“花”，等等。该书完成于 1400—1418 年，成书的过程比较复杂，是世阿弥历时多年补充、修订而成，凝聚了其长年的心血，具有很高的艺术和文学价值。

（二）《风姿花传》内容赏读

1. 学艺条目

从这时候（十二三岁）开始，唱功渐渐合上了音节，也对艺能有了领悟，可以按顺序教授一些艺能了。

因为此时还是少年，所以无论怎么表演，都有一种可爱的美丽。而且声音也是响亮好听的时候。因为有这两个长处，缺点就被隐藏起来，优点会更加突出。

一般来讲，在少年扮演的曲艺节目中，不可以让其做过细的模仿秀。因为他们既不适于那样的场合，艺能也得不到进步。不过，等他们技艺很高超的时候，怎么演都可以。无论身姿还是声音，如果都很高超的话，还有什么不好的呢？

但是，此少年之花并非真正的花。只不过是这一时期的一时之花。因为有这种一时之花，这一时期的所有艺能都能够轻易学会。因此，这一时期的巧拙不能成为评判一个人一生艺能好坏的标准。

这一时期的学艺，应该把容易提高演技效果的地方（身姿与声音）作为花进行追求，应该重视学习技艺。动作也要扎实，音曲也要一个一个清楚地发音，舞蹈也应该准确定型，谨慎小心地学艺修行。

这时期（三十四五岁）是艺能盛开的最高峰时期。在这里，如果把本书的各条全部掌握达到熟练的地步，必然会在京都得到认可，获得名声。如果在这个时期，在京都还得不到足够的认可，得不到想要的名声的话，不管艺能多么高超，都不能达到极致的真实的花的境界，作为艺人应该对这一点有自觉。如果达不到极致，四十岁以后，艺能演出的能力就会下降。四十岁以后的艺能下降，就是三十四五岁之前没有体会到真实的花的证明。

2. 模仿的条目

模仿老人，是曲艺之道的奥义。因为这种模仿，是艺人的演技在人们眼中的原生态表现，所以是第一重要的。即使是能够把艺能表演到极高程度的艺人，也有许多人不能充分地模仿老人的姿态，比如樵夫、盐工等工作状态的老翁形象。一旦大致上模仿像了的时候，就马上说是高超的艺人，这是一种错误的评价。穿戴高冠、便衣、官帽、官服的老人形象，如果不是充分领会艺能之道的人，是不会模仿像的。如果不是有深厚的功底、高段位的艺能，是不会像的。

还有，对于老人的模仿，如果没有花是达不到有趣的境界的吧。关于老人的形象，如果说因为年纪大了，就屈膝弯腰、缩着身子的话，那就没有了花，给人一种陈旧的感觉。那样，就几乎失去了有趣的地方。只是基本上，无论如何要避开不踏实的动作，稳重踏实的动作最好。

3. 问答的条目

问：猿乐竞演的方法如何是好呢？

答：这是很重要的。首先要有许多能够上演的能乐曲目，从中选择与对手能乐座具有不同意趣的节目，采取与对手不同的演出方法为好。此书的序文中所说的“能乐艺人要稍微修习歌道”也是为了这一点。在这种艺能中，如果作者是别人，无论多么优秀的艺人，都不能按自己的意愿演出。如果演出是自己创作的能乐，对于艺人来说，台词和动作都会得心应手。因此，能够演能乐的人，如果有和歌的才能，创作猿乐就会容易。这是猿乐之道的根本所在。

4. 奥义之说

说说秘传。所谓艺能，其目的应该是抚慰所有观众的心，不分贵贱引起所有人的感动，成为增进幸福之本，延长寿命之法。说到极尽之处，包括艺道在内的所有事物之道，都是为了增进寿命和幸福的。尤其是这种猿乐之艺，能够追求极高的艺品，留下名声。这是天下所公认的。而且也能增进艺能艺人自身的寿命和幸福。

5. 花修之说

根据艺人不同，有的人演技高超却不知能为何物者，反过来，也有演技一般却很懂能的人。在盛大的舞台上，有演技却演不好的人是因为不懂能。与此相对照，虽然是初级阶段的艺人，但却在盛大的舞台上开花，充分展现演技是因为他作为艺人比起演技更懂得能。

关于这两种类型的艺人的优劣，虽然意见有分歧，但在贵人面前或盛大舞台上总能够充分表演能的艺人的名望会长久持续吧。

这样，比起那些演技略好而不懂能的人来说，尽管演技有所欠缺，但却很懂能的艺人作为一座之栋梁，就会更加优势突出。

因为懂能的艺人对自己哪里不足有自觉，所以在重大的舞台上能够控制自己不擅长的地方，而把自己拿手的活儿充分展现出来，因此必然会得到观众的赞赏。另一方面，不擅长的地方，可以在小舞台或乡下巡演的时候演出，通过练习，积累经验加以克服。其结果，会增加技艺的宽度，纠正缺点，提高声望，繁荣一座。而且艺人本人也会演艺之树长青不老。

6. 另纸口传

应知晓花之秘诀。如果当作秘诀就会成为花，如果不当作秘诀就不会成为花。知道其中的分别是关键的花之秘诀。

各门各道，所有的事情，都有称为其独门秘籍的东西，这是因为当作秘诀会产生巨大的效果。如果将秘诀公开，并不是什么了不起的事，而这种认为“不是什么了不起的事”的人是还不懂得保守秘诀的巨大效果。

在关于花的口传方面也是这样。如果每个人都知道“只有珍奇的才是花”的话，面对在能开始之前期待着“一定会很珍奇吧”的观众，即使演了珍奇的事，但也不会使观众真正地感动。只有看的人不知道这是花，才能称为艺人之花。因此，看的人意想不到，只看到了有趣高超的艺人，而不知道这是花，这就是对于艺人来讲的花。因此，引起观众心里意想不到的感动的手段就是花。

由此看，知为好。应该是藏起秘诀，即使是知道这种秘诀的人，也不要让别人知道。如果被别人知道了你是知晓秘诀的人，那么在现场，对方就会注意你，反过来你也就会被对方关注。让别人大意而能够战胜他，对于以珍奇为武器的能乐道理而言，是有很大效果的。因此，作为私家秘诀，只有不让别人知道，才会成为一生的花的所有者。当成秘诀就会成花，不当秘诀就不会成花。

二、近松门左卫门与《曾根崎殉情》

（一）近松门左卫门与《曾根崎殉情》简介

近松门左卫门（1653—1724），本名杉森信盛，号巢林子，出身于越前（福井县中北部）的一个武士之家，他师从宇治嘉太夫学习净琉璃创作。后被加贺掾作为专职净琉璃作者而起用，创作的《世继曾我》获得了人们的高度评价。自此以后，他开始展露人形净琉璃作品的创作才华。1684 年，加贺掾的弟子竹本义太夫[①]在大阪道顿堀开设了竹本座，近松门左卫门将自己创作的《出世景清》赠送给他，其后二人结成组合，依靠义太夫节使净琉璃达到了鼎盛时期。近松门左卫门一生共创作了大约一百二十个净琉璃作品，可分为“世话物”[②] 和“时代物”[③] 两大类。其中世话物以现实生活为题材，在对以京都为中心的贵族文化继承的基础上，融合大阪开放的町人文化，描写了町人社会中的义理人情，深受当时普通百姓的喜爱。《曾根崎殉情》是其中杰出的代表作，1703 年在竹

---

① 竹本义大夫（1651—1714），江户中期净琉璃太夫。本命五郎兵卫。大阪人。义太夫调的鼻祖，在大阪开设竹本剧场，演出近松门左卫门的作品，成为上方地区净琉璃的中心。

② 世话物：人情剧，在歌舞剧和净琉璃中，以江户时代各个时期的世态为背景，写实性地描写恋爱、道义、人情等作品的总称。

③ 时代物：时代剧，取材于江户时代以前的武将有关的事件及事迹的歌舞伎、净琉璃作品。

本剧场首次上演。该作品通过对一对男女主人公凄美爱情故事的描写，不但反映了男女主人公对爱情的坚贞不渝，同时也反映了江户时代的社会风情和文化特征，成为日本人形净琉璃中优秀的传统剧目。

（二）《曾根崎殉情》作品赏读

1. 生玉社的一幕

四月六日，天满屋的妓女小初，在陪一名乡下客人进行了大阪三十三所观音巡礼后，在生玉社前的小茶馆休息。正在这时候，小初最早的客人、酱油坊的二掌柜德兵卫正好路过。因为最近没有他的音信，恰巧在这里遇上，于是小初就叫住了德兵卫。小初问德兵卫为什么最近没了音信，德兵卫道出了原委。他说：

“我的老板，实际上是我的叔父，看我干活认真勤恳，很是喜欢我。于是，就想把婶婶的娘家侄女许配给我，而且答应给许多陪送的嫁妆钱，还要让我继承他们的家业。因为我喜欢你，是不会变心的，可老家的继母却收受了对方的钱，私自把这门亲事定下了。上个月我听说了这件事，心想坏事了，于是我想在四月七日之前，把钱还给叔父，并且辞去工作。这样大阪是不能待了，可又见不到你，我正不知如何是好呢。”

德兵卫说着掉下了眼泪。小初一边哭一边安慰他说：

“为了我让你受苦了。要是在大阪待不下去的话，我们就一起去那个世界吧。不过，明天是七日，还是别让叔父着急，尽快把钱还给他吧。”

“话虽如此，可上个月末，我的好友九平次说急需用钱，我就把钱借给他了。他还没有还给我，今天晚上必须想个办法啊！”

正在这时，德兵卫的好友九平次正好从伊势办完事回来，与町内的朋友们喝得醉醺醺地走了过来。自己正在这生死紧要关头，可看到九平次这种样子，德兵卫一下子就火了，他抓住九平次的胳膊说：

“把二十八日借给你的钱还给我！”

“我没记得借过你的钱，别说傻话啊！”

“我这里有你写的借据，还盖着你的手章。”

“你说盖着我的章，不错，确实是我的章，可我的章在二十五日丢了。我已经换了章。肯定是你捡到了，用来敲诈我的。这样做比使用假章罪过还要大。这要是一般的事，念在咱俩的关系上就饶了你。可要涉及到金钱，就得另说了。”

此时，德兵卫才知道自己被九平次骗了。

德兵卫想要把钱硬抢回来，但对方人多，寡不敌众，硬抢是不行的。如果让乡下人听到这里吵架，就会更加糟糕，于是德兵卫让小初坐上轿子先回去了。

德兵卫头发散乱，衣带松弛，显得狼狈不堪，因为被好友欺骗而气得咬牙切齿，但却无计可施。他想无论如何也要洗清自己的冤屈，于是离开那里，去找小初去了。

2. 天满屋的一幕

小初回到天满屋，惦念着德兵卫，心里很是焦虑。天满屋的同伴们虽然也都很关心她，但她听到人们的传言心里更加焦急。

正在这时候，德兵卫悄悄地来了。小初为了不让别人看到，用自己的长袍把德兵卫遮掩住，从中堂的鞋柜处移动到廊檐下面藏了起来。这时候，九平次带着一伙人突然闯了进来。

“小初最要好的客人德兵卫使用我的手章做了个假字据，想要骗我。我虽然狠狠教训了他，但假如他来这里，也要提防着，不能让他靠近。反正，这家伙是要接受刑罚的。”

在廊檐下，德兵卫气得浑身颤抖。小初一边用脚尖稳住他，一边流着眼泪对九平次说：“您不要那么嚣张！我跟德兵相好已久，他的人品我都清楚，他什么坏事也没做。明明是被人骗了，却不能证明。那还不如用死来洗清冤屈呢，我倒是想问他有没有这个决心?”

小初就像自言自语一样一边嘴里说着，一边用脚试探着德兵卫是否有自杀的决心。她把脚踝搭在德兵卫的喉结处，德兵卫明白了小初是让他自杀以证清白的意思。

小初也暗示德兵卫，自己有与他一起赴死的决心。就这样，在不被人察觉的情况下，两个人已经心意相通，下定了殉情的决心，他们暗自流下了伤心的泪水。

九平次被小初的回答惊呆了，他脸上带着凶相回去了。这时候，天满屋的店主人夫妇也说道：

“今晚早点熄灯，住宿的人都早点睡吧，小初也上二楼吧。”

“那么，老爷、夫人，我再也见不到你们了，再见！店里的各位，来世再见了。”

小初不动声色地告别着人们，告别着这个世界，静静地走进了卧室。可谁也不知道，这一别竟然是终生永别。

“小心锅底下的火，别让老鼠叼走了菜!”

老板一边叮嘱着，一边关上了店门。使唤丫头们一躺下就打起了呼噜。夜很短，很快到了凌晨两点。

小初穿上了洁白的衣裳，外面罩上黑色的短袖褂。她轻手轻脚地走到二楼的楼梯口，向楼下望去，只见德兵卫从廊檐下探出头，用手指着楼梯下面，示意她有使唤丫头睡在那里。因为厅里的吊灯很亮，小初把扇子绑在扫帚头上，从楼梯上伸下来，好不容易才把灯火扇灭，但一不小心从梯子上摔了下来。不过，使唤丫头只是翻了个身，又接着睡了。可声音还是惊醒了睡在里边的店主人，他吩咐使唤丫头说：

“刚才是什么声音？吊灯灭了，起来把灯点着!”

小初二人为了不被使唤丫头发现，摸索着爬到门口，虽然门锁打开了，但担心拉门发出声响，还是不好开门。正在这时候，丫鬟开始打火石。他们借着打火石所发出声音的掩护，小心翼翼地打开拉门，来到了门外。

“啊，真高兴!”

他们为能够共同赴死而庆幸。就这样，两个人可怜的命运，就像这火石的火星一样瞬间消失了。

3. 殉情路

两个人过了梅田桥，去寻找殉情的地方。

回望来路，此时才切身感受到，以前听说过的许多殉情故事，眼看就要落到自己身上了。如今，那些动情的和歌又进入耳畔，让人有了深切的体会，他们心里盼望着夜晚尽量长一些吧，可报晓的鸡就像索命似的叫起来了。德兵卫说：

“天亮之前，我们在天神的林中死吧。”

德兵卫牵着小初的手在梅田的河堤上来回徘徊着。小初手里捻着佛珠说道：

“今年你二十五岁，我十九岁，是我们的不吉之年，真是祸不单行啊！那也是我们缘深的证明吧。把在这个世上向神佛许的愿托给未来，来世再报吧。”

来到曾根崎的树林里，他们看到了一道闪光的东西。小初问：

“那是什么?”

“那是人的魂。我本以为今夜死的只有你我呢，看来在我们前边已经有人死了。不管怎样，都是去往冥界的伴侣。南无阿弥陀佛，南无阿弥陀佛!”

德兵卫念起了佛。

“今晚是人死之夜啊，好可怜啊。”

小初流出了眼泪。

德兵卫也流着泪说：

“那比翼双飞的人魂，肯定就是你我的魂灵。让两个魂相依在一起，不迷路，一块儿赴死吧。”

说着，德兵卫抱住了小初。

他们来到两棵互结连理、相抱而生的松树和棕榈树下。德兵卫拴好带子，小初则脱下短袖外套。小初从衣袖里掏出一把剃刀，说：

“如果有人追来，即使我们不能死在一起，我也不背弃爱的誓言，我准备了剃刀。不过，我还是希望我们能如愿以偿地死在一起。”

“你真让我佩服！既然你那么坚定，死之前我也没有担心的了。不过，听说死时的痛苦会让人的死相很难看，现在也顾不了这么多了，就让我们把身体绑在这棵连理树上，自豪地死吧。”

德兵卫把衣带撕成两条，将二人紧紧地绑在了一起，两个人相互看着，可怜之情更不自禁。

“啊，请不要叹息，我自幼就失去亲生父母，跟着当老板的叔叔长大，我不能报答他们的恩情，死后还要给他们添麻烦。啊，请宽恕我的罪孽吧。很快就能见到黄泉路上的父母了。”

德兵卫一哭，小初也跟着抽泣了起来。

“我很羡慕你，我的父母都还健在，可我去了那个世界，什么时候才能见到他们呢？收到他们的音信是在今年春天，见到他们是在去年秋天。我殉情的消息会很快传到他们耳朵里吧，他们会多么伤心啊。如果能心意相通，那就请让我们梦中相见吧。……到现在还有什么可说的呢！快点杀我！快点杀我！”

小初催促着德兵卫，德兵卫一边口中念经，一边拔出了短刀，可是，他又怎么忍心把刀插向那个平日自己喜欢的、深爱着的人的肌肤里呢。

德兵卫眼晕了，手也发抖，他手中的刀，几次都没刺中。忽然，随着“啊”的一声，刀尖终于刺进了小初的咽喉。

“南无阿弥陀佛，南无阿弥陀佛!”

德兵卫握刀的手逐渐软了下来，小初做着临终前的痛苦挣扎。德兵卫也不想落后，他用剃刀刺向了自己的咽喉。

这时候，天已接近黎明，二人终于断了气。

德兵卫和小初的殉情之路，就像曾根崎树林中呜咽的风声一样，虽无人说，却成了人们向佛的种子，更是人们恋爱的榜样。

后　记

《日本古典文学名著导读》这本小册子出版之际，正值我离开教师岗位的退休之年。从 1989 年当教师开始，到 2024 年退休，整整经过了三十五年，其间留校任教、赴日留学、回校任教、结婚生子、从副教授到教授、从外国语学院院长到图书馆长，生活道路虽有艰辛，但也算平坦；学术成就虽不算大，但也值得骄傲；工作成绩虽然不是特别突出，但也可圈可点。在图书馆工作的这几年，还出版了几本诗集和散文集，得遇知音，实现了自己的人生梦想。

这本小册子算不上什么大作，但其中的撰写、翻译也是自己多年的学术积累所致，凝聚着自己的心血和汗水，是点缀着我学术人生的最后一抹亮光和色彩。我也希望它能给人们带来裨益，实现其学术和社会双重价值。

如今退休了，或许自己的学术生涯可以画上一个句号了，但人生路还很长，“余勇可贾”，自己的价值还没有完全实现。我也想以此为契机，继续努力，以熟年之躯，抱定梦想，爱己所爱，过好自己的余生。